محمد الفاتح، حاصل على درجة الماجستير في المحاسبة والتمويل، عاشق للقراءة والإبحار في عالم الخيال، مِن مواليد الزمن الجميل، سوداني الجنسية والقلب والروح.

الإهداء

لكلِّ محبِّي القراءة والخيال والغوص في عوالم الجمال والإبداع..

إهداء لأبي وأمي وإخوتي.. سندِي في حياتي..

روحي في غربتي، حلمي في منامي..

ولكم أنتم أحبّتي قُرَّائي الأعزَّاء.

محمد الفاتح

ظلام كوزييه

AUSTIN MACAULEY PUBLISHERS™

LONDON • CAMBRIDGE • NEW YORK • SHARJAH

فهرس

عائلة كبيرة

قرية (كولمارا) الجميلة، أهلُها مزارعون طيبون يعملون في أراضي الإقطاعيين الأغنياء.

في نهاية كل عام يحصدون المحاصيل، نصفها يذهب لمالك الأرض، والنصف الآخر يذهب للمزارع، يبقي جزءاً من المحصول له ولعائلته، والجزء الآخَر يقايضه بأشياء أخرى، وهكذا.. عاش الجميع في وئام تام.

ليلة مُمطرة كثيرة البرق والرعد، يركض أزورا في الغابة، وهو الحارس الملكي الخاص، في يده شيئان: رسالة وقلادة.

أزورا هو والد المزارع شانتيل، يركض وهو مضرج بالدماء وخنجرُ في ظهره متمسكاً بالرسالة والقلادة، متوجهاً نحو منزله في طرف الغَابة.

فتح الباب وهو ينادي على شانتيل والجميع نيام، حضر ابنهُ، ولما نظر إلى والده، ركض نحوه وأمسك به، أعطاه الرسالة والقلادة، وأوصاه بدفنه بجوار منزله، وهمس له بكلمات.

مات الرجل العجوز في تلك الليلة وسِرُّهُ مع ابنه الذي دَفَنَ الرسالة والقلادة مع أبيه في قبره بجوار الكوخ.

حضر في اليوم التالي الكثير من الحرس الملكي والجنود يبحثون عن أزورا، فأخبرهم أن هذا قبره، وهذا هو الخنجر الذي قتلهُ، وأنهُ وجدهُ صباحاً في الغابة، سألوه إن كان معه أغراض، فأجاب بالنفي معللاً أن الذين قتلوه سرقوا الأغراض.

ذهب الجنود، ورجع شانتيل وأغلق بابهُ مع أسرته ليحتفظ بالسر معهُ.

تُوِّجَ في ذلك العام ملكُ جديدٌ للبلاد بمباركة النبلاء، ومرَّ الكثير مِن الأعوام، وتزوَّج شانتيل وأنجب الكثير مِن الأبناء والبنات، وآخرهم الصغيرة أشين صاحبة الأعوام الستة، ذات العينين الزرقاوَين، والمحبوبة مِن جميع أهل القرية.

أما شانتيل فهو اسم له عدة معانٍ، مِنها (الأرض الصخرية)، ففي الأغلب سبب التسمية يرجع إلى أنَّ العائلة كانت أراضيها الزراعية صخرية وقاسية.

أشين هي البنت الصغرى لهذه العائلة، ولها ثمانية من الإخوة والأخوات، منهن أربع أخَوات، وأربعة ذكور، جميعهم يعملون بالزراعة لمساعدة أبيهم في الحقول.

أشين تبقى في القرية مع أُمها تلعب مع أصدقائها الذين في مثل سنها، ترجع إلى منزلها، تطعمها أمها وتنام بجوارها إلى أن يحضر أبوها وإخوتها، فيوقظوها مِن نومها لتلعب مع أبيها وتضحك مع إخوتها، ويتناولوا طعام العشاء.

كانت تعيش أيام طفولتها بسعادة ودفء في كنف عائلتها الكبيرة، تحسُّ بالأمان ولا تحمل للدنيا هَماً.

تعلَّمَت أشين الكثير مِن اللغات مِن جارها الصياد الذي كان يرتحل في العديد من البلدان، ويقابل الكثير من الأشخاص.

مرَّت ثلاثة أعوام أخرى، وأصبحَت أشين بعمر التاسعة، أتقنَت فنَّ الخياطة مِن أمها، لَم تستهوِها الزراعة والفلاحة كثيراً، وأبوها وإخوتها يحبونها كثيراً ويدلِّلونها، وقد تركوها تفعل ما تشاء؛ مِن تعلُّم اللغات والخياطة، فكانت أنيقة منذ صغرها، تحب العطور، وتخيط الملابس، وتتحدث بلغات أخرى في تلك العصور المظلمة التي اتَّسَمَت بالعُنفِ والفقر وانعدام القانون.. القانون الذي كان يمثلهُ الإقطاعي صاحب الأراضي والقصور،

وبعض الحرس، وهم أيضاً التجار الأغنياء المتحكمون في العامة، أهل ذلك الزمان، وهم القضاة.

عائلة شانتيل مستأجرة لما يزيد عن أحد عشر فداناً زراعياً، لهم فيها نصف المحصول السنوي من هذه الأراضي، وكانت هي العائلة الوحيدة في المنطقة التي لها هذه الوفرة في الأراضي، فقد كان جدُّهم الأكبر حارساً أميناً للأمير الإقطاعي، اسمهُ أزورا، وفي نهاية خدمته بعد مقتله، أُوكلت الأراضي لابنه شانتيل، فتولى مهمة زراعة هذه الأراضي ذات المساحة الشاسعة؛ مكافأة له على إخلاص والده، على أن يعود نصف المحصول لصاحب الأرض في تلك الأيام، ولم يتغير شيء لسنين عديدة.

استفاد شانتيل من هذا الأمر؛ لسعة الأراضي ووفرة المحاصيل، لم تكن العائلة تعاني مِنْ نقصٍ في الغذاء أو الأموال، عكس جيرانه المعدمين، والذين يعانون سنوياً لإطعام ذويهم وأهلهم، وكانت عائلة شانتيل دائماً ما تمد يد العون لهم وتساعدهم، وجميع مَن كان في القرية، وأبناءهم.

جارهُ إزيكيل وابنهُ أرمادا كانا محترفَي صيد، ولم تكن لهما أراضٍ.. كوَّنا صداقة مع عائلة شانتيل، يتبادلون جميعاً الصيد والمحاصيل مع بعضهم البعض، ودائمًا ما يقضون ليالي الشتاء شديدة البرد مع بعضهم البعض بجوار المدفأة.

أرمادا رغم صغر سنِّه، إلا إنهُ كان صياداً بارعاً وصديقاً حميماً لأشين، ودائماً ما يجلب لها أشياء من الغابة، أما أبوه إزكيل، فقد كان يعلِّم أشين العديد من اللغات، ويقرأ لها الكتب والحكايات.

عاشت طفلتهم الصغيرة أشين في هذه الأجواء من الحب واحترام أهل القرية لها، وقد كانت كالأميرات؛ في لبسها وشعرها وعينيها، لمْ تكن تعمل في الحقول، فقد اهتمَّ بها أبوها وإخوتها، وكانت تصنع لهم أجملَ الملابس والهدايا، وتقرأ لهم القصص في الليالي الدافئة.

إلى أن بلغَت عامها الثامن عشر، أصاب المرض العامَّة، وكانت الحمى مرضاً فتاكاً، ولم يكن لها علاج مع ندرة الأطباء التي زادت الأمر سوءاً.

ماتت أم أشين في ذلك العام بالحُمى وثلاثة مِن إخوتها، أختان وأخ صغير.. كان عاماً كئيباً مظلماً في حياة أشين.. ازداد الحمل على أبيها في زراعة الحقول، وازداد الأمر صعوبة لأن أشين باتت تبقى في البيت وحيدة.

استمر الحال هكذا حتى بلغَت أشين التاسعة عشرة من عمرها، وأصبحَت أجمل فتاة في القرية.

اهتمَّت أشين بأمور المنزل مِن طبخ وغسل واهتمام أكثر بأبيها لكبره في السن، وإخوتها العاملين في الحقول.

تزوَّجَت أختاها ورحلَتَا عن القرية مع زوجيهما، وشيئاً فشيئاً انقطعَت أخبارهما، فقد كانت وسائل التواصل صعبة جداً في زمن الإقطاعيين.

ازدادت الوحدة على أشين في المنزل، وتركَتِ الخياطة مع كثرة أشغالها المنزلية، وبلغَت عامها العشرين.

تقدَّم لها الخُطَّاب مِن أهل القرية والقرى المجاورة، رفضَتهم جميعاً؛ فقد كانت متعلقة بالروايات وقصص الحب والعشَّاق، وهي بريئة لا تعلم شيئاً مِن خارج أسوار بيتها، فقد كان العالم حينها بارداً مظلماً قاسياً مليئاً بالدماء والخداع والجوع والأمراض.

عاشت فيما يسمى بـ "العصور المظلمة"، عاشت بين القلوب المظلمة – وهي الشمس المشرقة – مخبَّأة في منزل مليء بالأسرار والظلام، تضيئه بابتسامتها كجوهرة وجدها قرصان، يخبئها بين ضلعيه خوفاً من غدر الزمان بها.

غابَت تلك الابتسامة مع مرور الوقت، وانشغلَت في أمور المنزل ورعاية أبيها وتحضير الغذاء لإخوتها الثلاثة.

عاشوا معاً عاماً دون ضحك أو كلام، أحضر لها أرمادا كتاباً وجده مهملاً بجوار سور القلعة؛ أملاً في أن يعود به ليحظى برؤية تلك الابتسامة.

أخذتهُ مِن بين يديه والحزن يعلو وجهها، فقد كانت تقرأ لأمها وإخوتها، وهذا الكتاب أعاد إليها الذكريات، فتساقطت دمعاتها مِن عينيها، وراحت تجري على خدَّيها لتسقط في صفحات الكتاب وهي تقلبهُ، وأرمادا لا يدري ماذا يفعل؛ أيمسح بيده على خديها؟ أم ينطق بكلمات يخفف بها عن ألمها؟ لَم يستطع فعل هذا ولا ذاك، فانسحب من أمامها وغادر مع أبيه في رحلة صيد جديدة.

الكتاب موقَّع بِاسم فيكتوريا.. عاد أبوها وإخوتها.. تركت الكتاب مِن يدها، وجلسَت مع أُسرتها الصغيرة بعد أن كانت كبيرة.. تحدَّثَ الأب شانتيل لأبنائه عن ضرورة زراعة الذُّرة العام القادم، فهو متفائلٌ بإنتاج أرضه، أملاً في اِدِّخار بعض المال ليسعد به أشين.

ذهب الأبناء الثلاثة إلى سوق القرية، وجمعوا البذور وخزَّنوها في المنزل لحين موعد زراعتها.

في نهاية ذلك العام حضر الجابي مِن القلعة، استقبله شانتيل، وحمل لهُ أكثر من خمسين جوالاً من الأُرز، وقد كان

ذلك نصف المحصول، وكتب الجابي في دفاتره أن محصول العام القادم هو الذرة.

سعدَت العائلة بمرور العام، واحتفلوا بما حصدوا، باعوا النصف في السوق، واحتفظوا بالنصف الآخر.

بدأ الاستعداد بحرث وتنظيف الأرض، واشتروا ببعض المال جاموساً ضخماً لمساعدتهم في حرث الأرض.

عاشوا أياماً سعيدة، ساعدوا جيرانهم في أيام الشتاء القارس، وأمدُّوهم بالطعام، وأشين تخيط لأطفال القرية بعض كنزات الصوف لتقيهم البرد.

زعيم القرية والمسؤول عنها أمر بتحية العائلة كلَّما مرُّوا بالسوق، فعاشت أشين كالأميرات فعلاً، مِن حب واحترام أهل القرية لها ولعائلتها.

الإقطاعيون

قرية (كولمارا) تتبع لعهدة الأمير الإقطاعي زيكس، متزوج وله ولدان وفتاة بعمر أشين تسمى فيكتوريا، تحب المطالعة والسياسة، مهتمَّة بأمرِ العائلة، كما تهتم بأمور التجارة والمواطنين عكس أخوَيها الأمير أوليفر المهتم بالصيد والمعارك وتنفيذ الإعدامات، وقيادة الجند في المعارك والفروسية، أمَّا أخوه الأصغر جيكوب فلم يهتم سوى بالنفائس من الأشياء البراقة والآثار والكتب التاريخية، ويقضي أغلب وقته في مكتبة القصر، ويمنع أي أحد من الاقتراب من كتبه أو أشيائه.

بعد عامٍ من بلوغ أشين العشرين من عمرها، اندلعَت خلافات بين الأمراء الإقطاعيين، وكان هذا الأمر اعتيادياً في تلك العصور المظلمة؛ لانعدام القانون العام، وعدم وجود طبقة حاكمة للبلاد، وكل أمير هو الحاكم والمُسن لقوانين أرضه الخاصة والساكنين بها، وهو المطبِّق لهذا القانون.

أمر زيكس الفلاحين بحمل السلاح والتوجه لأرض خصمه لأخذها بالقوة، وبدأتِ المعركة، وبالطبع القائد لهذه الحرب هو الأمير أوليفر، قاسي القلب، المتمرس في شؤون المعارك والسيف.

لَم تدُم المعركة لأكثر مِن عشرين دقيقة؛ لأن المقاتلين فيها غير متمرسين في حمل السلاح، بل كانوا مزارعين ليس إلا مِن كلا الطرفَين.

مزارِعو قرية كولمارا هاجموا مزارعي القرية الأخرى في حقولهم، والذين لم تكن لديهم فكرة عمّا يحدث.

انتهت المعركة، وفاز أوليفر فيها، وتمَّ الاستيلاء فيها على أراضي الخصم، وأُعلن خضوعها لهُ، واتباعها للإقطاعي زيكس.

أُصيب شانتيل في المعركة، وعاد إلى منزله مضرجاً بالدماء، ينزف مِن ساقه اليمنى، حضر الطبيب بعد يوم كامل فوجد الجرح قد تلوَّث، وأمر بقطع الساق للحفاظ على حياة الرجل، وهذا ما تمَّ.

عانت أشين في رعاية والدها ذي الساق الواحدة الذي لم يتأقلم مع وضعه الحالي بعد أن كان ذا مكانة في القرية، أصبح بساق واحدة، ولَم يستطِع مساعدة أبنائه في الحقول، ولَم يزرهُ أحد للتخفيف مِن ألمه ووحدته، لَم يستطع دخول الحمَّام دون

مساعدة، لَم يستطع السير لمسافات طويلة دون أن يصيبه الإرهاق.

أنزل جام غضبه على كلِّ مَن يراه أمامهُ، ولَم يعد باستطاعته العمل ومراعاة الحقول.

حَمَلَ الحِقدَ في قلبه تجاه النبلاء، ولعن العالم الذي عاش فيه، قَطع علاقاته مع جيرانه، لَم يخرج مِن منزله مطلقاً.

اهتمَّ أبناؤه بالعمل، ولكن مساحة الأراضي شاسعة، والعمل فيها كثير، والزراعة تتطلب اهتماماً دائماً بها، وليسَت لدَيهم القدرة على استئجار عمَّال.

قلَّ إنتاج الأراضي، وازدادَ الدَّين، لَم يتحمَّل شانتيل الأمر، وأشين عانت مع تقلُّبات أبيها المزاجية، فأصبحَت تخرج من المنزل كثيراً لقضاء بعض الحاجيات، وانتظار إخوتها العاملين في الحقول والأب وحده في المنزل، الأمر الذي زاد مِن كآبته.

رجعَت أشين في يوم من الأيام باكراً؛ لأنَّ صديقتها طلبَتْ منها خياطة كنزة صوفية من أجلِ الشِّتاء، لتفتح الباب ببطء حتى لا توقظ والدها، دخلَت غرفتها، وأخذَت معدَّات الخياطة، واختارت اللون الزهري، ذهبَت لتجلس في غرفة المعيشة حتَّى تجد أباها معلَّقاً مِن رأسه بحبل ملتفٍّ حول عنقه، متصلٍ

بسقفِ المنزلِ، وكرسيه المفضَّل مرمي بجانبه، وقدمه لا تلمس الأرض، والأخرى مبتورة!

والدها قد أقدَمَ على الانتحار! منظر حزين لرجل كافح طيلة حياته فقط لعَيش حياة بسيطة!

لَم تدرِ ماذا تفعل، خرجَت تركض نحو إخوتها والدمع يملأ عينيها، وجدتهم.. أخبرَتهم.. عادوا مسرعين والألم يملأ صدورهم، وأرجلهم تسابق الخيول في سرعتها، وجدوا أباهم ميتاً، أنزلوه ببطء، قطعوا الحبل عن عنقِه، احتضنَتهُ أشين وبكَت كما لَم تبكِ مِن قَبل، سَمِع صوتَها كلُّ مَن في القرية.

حضر الجميع لمنزل شانتيل، حزنوا لما أصاب هذه العائلة الطيبة، وبكوا لبكاء أشين التي وجدَت رسالة تركَها لها أبوها يخبرها فيها بضرورة دفنه قرب قبر والده، وصفَ لهم المكان في الرسالة أنَّ عليهم الحفرَ خمسة إنشات أخرى بينه وبين والده، ليجدوا صندوقاً يعطوه لأشين؛ لأنها الوحيدة التي تجيد القراءة.

فعل الأبناء ما ورَدَ في الرسالة، وبعد دفن أبيهم أحضروا الصندوق لأشين التي وضعَته في غرفتها ولَم تفتحه؛ لأنَّ حزنها على أبيها سبَّبَ لها صدمة قوية أثَّرَت في باقي حياتها هي وإخوتها. أصبحَت لا تطيق البقاء في المنزل، تخرج كثيراً، تجلس وحيدة في الغابة، تنتظر عودة إخوتها، ويرجعون إلى المنزل معاً.

أرمادا يراها دائماً وحيدة حزينة، لَم تعد تلك الصديقة المبتسمة، أحزنَه الأمر، حاولَ المرحَ معها، وجلب لها الصيد، ولكنها لَم تعد تعير أيَّ أحدٍ اهتماماً.

أصيب والد أرمادا بإصابة خطيرة أثناء الصيد، ولَم يستطِع طبيب القرية أن ينقذ حياته، فأُحبط أرمادا كثيراً، لَم يتبقَّ له أحد في القرية يهتم له، والغابة غدرَت بأبيه وقتلَتهُ.

اتخَّذ أرمادا القرار بترلِ القرية والتوجُّه حيث تقوده قدماه؛ لعلهُ يجد ما يبحث عنه من صيد، أو قلب بعد قلبه الذي ضاع مع أشين وأحزانها.

شتاء ذلك العام كان بارداً.. خالياً مِن المشاعر، ناقصاً من الأحبة، نسمات البرد تعصف بالمنزل، والقرية صامتة لا حول لها ولا قوة، تصدر صوت الحزن مع صوت الجوع وبكاء الأطفال ويأس الآباء، ومن بعيد هنالك أنوار قصور النبلاء، وصخب احتفالاتهم تضيء القرية، وصوت الموسيقى الكئيب قادم من القلعة لبعض البشر الذين خلَتْ من قلوبهم الرحمة والعطف، يضحكون ويرقصون ويأكلون وينعمون بالدفء، متناسِين أهل القرى وما يصيبهم.

أمراء المنطقة ومَلِكُهم من أغنى الإقطاعيين في البلاد، لما تتضمَّنه ثروتهم مِن مزَارع شاسعة المساحات، ومناجم للذهب، ومياه وبحيرات وفيرة، وغابات تعجُّ بمختلف أنواع الحيوانات.

إسطبلاتهم ملأى بالخيول الأصيلة، خصوصاً تلك التي تعود للأمير أوليفر، لهُ حصان أسوَد يلمع من شدة السواد، ذو شعر كثيف، عالٍ وضخم الأرجل، سريع في العدو، يفتخر به وسط الأمراء، وفي رحلات الصيد لا يدع أحداً يلمسهُ من الخدم، يهتم به شخصياً.. ركبهُ في معركته الأخيرة، دهس به سبعة من المزارعين دون أنْ يُحرك سيفه.. أوليفر لا اهتمام له سِوَي القتال وخوض المعارك وحصانه الأسوَد.

أما جيكوب اللطيف ذو المظهر الأنيق المهتم بمن حوله من الخدم والرعايا، دائماً ما يكون متواجداً في مكتبة القصر الخاصة به.

في ليلة قبل عشرين عاماً طلب منهُ حارس في القصر أن يكتب له رسالة، وكان صغيراً في السن لَم يتجاوز السابعة، كتبها له مع ابتسامة، وأهداه بعض القطع الذهبية التي لم يأخذها الحارس الذي كان في عجلة من أمره.

الأميرة فيكتوريا أصغر إخوتها، وهي بعمر أشين، دائماً ما ترافق والدها زيكس، تهتم بأمور الحُكم والسياسة والأمور المالية.

عندما بلغَتِ العشرين مِن عمرها أوكل لها أبوها أمور الجباية وخزينة الدولة، ورعاية الأراضي وأمور العاملين في المناجم الذهبية.

"فيكتوريا الذهبية" كان هذا لقبها وسط العامة؛ لأنها دائماً ما تكون وسط الجبال الذهبية المستخرَجة مِن المناجم، أو بين العملات الذهبية في خزينة القصر.

لَم ترحم أحداً من العمَّال أو المزارعين عند التَّقصِير في العمل، أو في نقصٍ من المحصول عند نهاية العام؛ تعاقبهم إما بالحبس أو الجَلدِ، أو حتى البيع كرقيق للتجار في نهاية كل عام.

نهايةُ كلِّ عامٍ تُمثِّل لمواطني القرى كابوساً ليس أسوَدَ، وإنما بلون الذهب.. يسمى فيكتوريا، حتى الوُجهاء والتجار ذَوُو المناصب لا تغفل عن أحدٍ منهم في دفع الضرائب، ومَن يتأخر في الدفع تضاعِف له الأرقام حتى يعجز عن الدفع، فتستّولي على بضاعته وأمواله وأراضيه، ويصبح مجرد عامل لدَيها لا يملك إلا منزلهُ، وفي أغلب الأحيان تستولي عليه أيضاً.

صار زيكس بمساعدة فيكتوريا أغنى رجل في البلاد، وبمساعدة أوليفر ضمِنَ أمنهُ، وصار جيرانهُ مِن الأمراء يخشون مخالفتهُ الرأي، بل وانضم إليهِ الكثير، وصاروا تحت إمرته، وتزداد قرية (كولمارا) فقراً والقصور غِنىً.

أما جيكوب فيزداد انعزالاً في مكتبته، بعيداً عن المؤامرات..
القتل والخداع... انعزل ليحمي أذنيه من صرخات الجوع وسياط
الألم التي تنزل على ظهور العبيد في كل مكان، رقة قلبه كسرَتها
نظرات الضَّعف والخوف التي يراها في خَدمه.

انعزل ليتفادى صراع السلطة القائم لدى فيكتوريا
وجشعها وقسوة قلبها، وأخيه أوليفر الذي يرى في حدِّ السيف
نهاية كل مسألة.

حشرة المن

غادر فصلُ الشتاء، وغادرَت معه مشاعر الحب والتعاطف بين أهل القرية، والكلُّ يستعدُّ للموسم الزراعي.

اجتهدَ الإخوة الثلاثة في الحرث ونثر البذور وسقي الأرض ومتابعة المحصول في النمو، افتقدَتِ العائلة توجيهات ونصائح أبيهم التي تدعمهم في الزراعة، فقد كان واسع المعرفة بأمور الزراعة، ولا يغفل عن شيء؛ لذا كانت عائلة شانتيل كلَّ عام تحصد مِن الحصول ما هو وفير دون أدنى خسائر بين عملية الزراعة والحصاد، وفي غياب شانتيل عانى الإخوة الثلاثة كثيراً في عملية الزراعة.

أشين تأخذ طعامها، وتنتظر إخوتها في طرف الغابة طوال اليوم، وفي آخِر النهار تراهم قادمين مِن الحقول ليعودوا سَوياً إلى المنزل.

وفي يوم مشمس جميل وهي تجلس بهدوء، هاجمها بالخطأ كلب صيد، وعضَّ يدها، وسالت دماؤها، وما يزال فكَّا الكلب ممسكَين بيدها وهي تنزف دماً، وتنظر إليه دون أن يرمش لها جفن أو تصرخ مِن الألم، والكلب يعوي ويزمجر.

نظْرتها لكلب الصيد كانت بعُيون ميتة، أخذ منها الزمان أمها.. إخوتها.. أباها.. ممتزجة بشيء مِن ألم العضَّة دون أي غضب تجاه ذلك المخيف (كلب الصيد) وهو ممسك يدها، ممزِّقاً بعضاً مِن عظام يدها اليسرى، وسط دماء سالت حتى وصلَت إلى الأرض.

فزع الكلب مِن ذلك الهدوء وتلك العيون، ترك يدها بهدوء، وجلس بجوارها ولَم يُصدِر صوتاً، وأشين لَم تتحرك من مكانها.

حضرَت الجياد وأصحابها متتبّعين كلب الصيد، ولَم يجدوا سِوَى هذا المنظر لفتاة تنزف دماً مِن يدها اليسرى، والكلب يجلس بجوارها، وقد كان مِلكاً للأمير أوليفر.

ترجَّل الأمير مِن على فرسه وبعض مِن خَدمه ومرافقيه، وذهب بخطوات كبيرة نحو أشين، أمسكَ ذراعها الدَّامية، ونظر إلى وجهها فلَمْ يجد دموعاً أو بكاءً، بل لَم يجد سِوَى فراغٍ في تلكما العينين.

أمسك خَدمهُ بالكلب.. أمر رجاله بالإسراع إلى القصر وتجهيز مكانٍ لها وإخبار الطبيب.

حملها بين ذراعيه، وأجلسها فوق حصانه الأسوَد، امتطَى الحصان، وركضَ به أسرع مِن البرق، وحوافره تضرب على الأرض كأنها مطارق عملاقة، ممسكاً الفتاة بيَدٍ، والحصان ولجامه بيَدٍ أخرى.

لَم تُصدِر أشين صوتاً حتى وصلا القصر الذي لَم ترَ غير أسواره الخارجية طَوال عمرها.. فُتِحَت لها الأبواب، في لحظات رأت الحرس والجنود وممراً طويلاً يركض فيه الحصان، وعلى جانبيه حديقتان كلُّ واحدة منهما أجمل مِن الأخرى.

وصلَت لباب القصر، أنزلها الخدم، وحملَتها خادمتان إلى غرفتها المجهَّزة خصيصاً لها بأمر الأمير أوليفر.

وصَلَتِ الغرفة.. وجدَتِ الطبيب في انتظارها، تذكَّرَت أباها وحضور المعالج بعد يوم كامل، وتلوُّث الجرح وبتر قَدمِه، كل ذلك مرَّ مِن أمامها في ثوانٍ.

تمَّت معالجة يدها ببراعة وسرعة، أُرسِل في طلب إخوتها للاطمئنان على أختهم، وقد حضروا.. تمَّ إكرامهم والحديث معهم عن أشين.

لَم يكن معروفاً أنَّ أوليفر – قاسي القلبِ – له اهتمام بالمزارعين، وقد كان الخدم والجميع يتحدثون عن تلك الفتاة التي ركبت الأسوَدَ، وأسَرَتِ القلبَ الأسوَدَ أوليفر.

وصل الحديث لأبيه وأخته وأخيه، حضروا جميعاً دون استثناء، فتفاجؤوا بشخصٍ هادئ رغم الموقف التي هي فيه. لَم تتحدَّث إليهم، انحنَت احتراماً ورُعباً خوفاً مِن هؤلاء الطغاة.. ظلَّت جالسةً مكانها والنافذة خلفها، والضوء ينعكس مِن خلفها، رسمَت صورة صمت في حضرتهما.. الملك والأمير.

لَم تعرها فيكتوريا اهتماماً، اطمأنَّت على سلامة يدها مِن الطبيب ورحلَت؛ لأنَّ أشين مِن عامَّة الشعب والطبقة العاملة.

عاد جيكوب لكتبه وهي ما زالت في خياله.. ظلَّت في القصر لثلاث ليالٍ حتى التأم جرح يدها، وعادت لمنزلها المتواضع.

لَم تنبهر كثيراً بالقصر والخدم، ولَم يزرها أوليفر بعد ذلك أبداً.

رجع إخوتها للاهتمام بالمحصول، فقد اقترب موعد الحصاد لهذا العام.

استيقظوا على قرعٍ لباب منزلهم مِنْ أحَدِ جيرانهم، تحدَّث معه أخوها الأكبر قليلاً، وعاد وجلس بين إخوته صامتاً، أخبره أخواه أن يستعدَّ للذهاب إلى الحقل مِن أجل الحصاد، لَم يردَّ

عليهما، وبعد عدة دقائق طلب منهما الجلوس؛ فلدَيه ما يخبرهما به.

جلسا وكلُّهما قشعريرة وخوف ممَّا سَيُقال.

لَم يطل عليهما الأمر:

- لا حصاد هذا العام!

صرخ الأخ الصغير:

- لماذا ونحن نرى الزرع وهو أخضر وجاهز للحصاد؟!

أمسك أخوه يده وقال له:

- اجلس، ولنستمِع لأخينا.

أجابهم:

- الزرع أخضر، ولكنهُ مريض، مصاب بحشرة المنِّ، وهي حشرة تأكل ساقَ الزَّرعِ مِنَ الدَّاخل، ويصبح مجوَّفاً لا يصلُح للحصاد.

ضاع عليهم عملُ عامٍ كامل، وما زالوا مدِينين لصاحب الأرض الأمير زيكس بنصف المحصول أو دَفع ثمنهِ، وهو معروف بقلبه المتحجِّر الذي لا يسامح الفلاحين الذين يتخلَّفون عَنِ السَّداد، تجلَّت في خيالهم صورة فيكتوريا الذهبية التي ستضاعف لهم العقاب، إمَّا بزيادة نسبة الدفعات القادمة مِن المحصول، أو بَيع أراضيهم والاستيلاء عليها، وإنْ لَم تكُن الأرضُ

ملكاً لهم، وليس لديهم ما يسُدُّون به دَينَهم، يصبحُ الأبناء أو البنات مملوكين لها بعقدِ عبودية بثمن ما يدينون به.

عائلة أشين لا تملك الأرض، وإنَّما هي بعقدِ إيجار، ولا يملكون المال الكافي لسداد ما قيمتهُ نصف محصول عام.

عمَّ الحزن في البيت، وسادَ الصمت.. لَم يتحدَّث أحد مع الآخر طيلة اليوم، ولَم يحاولوا أن يجدوا حلولاً؛ فالأمر ميئوس منه، وقد عمَّ الخراب.

استيقظ الجميع في اليوم التالي والحزن بادٍ على الوجوه، حضر جارهم المزارع، وذهبوا إلى الحقول محاولين إنقاذ ما يمكن إنقاذه وحصاد بعض المحصول عسى أن يتمكنوا على الأقل من جمع النصف؛ لسداد دَينِهم لصاحب الأرض.

ساعدهم كلُّ مزارعي القرية في ذلك اليوم، وبدأ الحصاد الأخير لعائلة شانتيل.

كل ساعة تمرُّ كانت تمرُّ على أشين وهي وحيدة في المنزل لا تدري ماذا حصد إخوتها في الحقل، وهل سيتمكَّنون مِن عمل شيء أم لا؟ سيرجعون وعلى وجوههم ابتسامة أم لا؟ سُتُصادَر أرضهم ويتشتَّت شملهم أم لا؟ وماذا سيحدث لها ولإخوتها؟ كان يوماً بألف عام.

غرَبَتِ الشمس، وعاد أهل القرية مجهَدِين، مرُّوا بجوارها ولَم يتحدث أحد مِن كثرة الإرهاق، وأشين تنتظر إخوتها والصبر انتهى.

سمعَت أحدهم ينزل مِن على فرسه خلفها، التفتَت ولَم يكن سِوَى الأمير أوليفر، انقبض قلبُها، لَم تستطِع الحراك أو الكلام وهو يتقدَّم الخطوات نحوها.

الأمر انتهى، مُطَبِّقُ القانون وصَل، الرجل قاسي القلب هنا! أمسك يدها بقوة، فهو لَم يعتد على الرِّقَّة في التعامل خصوصاً مع الفلاحين، نطقَت شفَتاه بما أثار دهشة الفتاة، وجَعَلَها غير قادرة على الرَّد!

قال الأمير:

- كيف حال يدك اليمنى مِن آثارِ عضة الكلب؟ هل شُفِيَتْ؟

قالها مع ابتسامة مرعبة، فهو لَم يبتسم في حياته أبداً.

سَحَبَت يدَها، وأومأت برأسها فقط، فركب حصانهُ وعاد أدراجه!

لَم تصدِّق ما حدث، اعتقدَت أنَّها النهاية.. شخص يمسك بيدها.. صرخَت:

- أجل يدي بخير!

معتقدةً أنَّه عاد مرةً أخرى.

ضحك أخوها قائلاً:

- أعلم أنها بخير، هيَّا إلى المنزل.

أعدَّت لهم طعام العَشاء، سألَتهم والخوف في كلماتها رعباً

مِن الإجابة:

- هل حصدتُم شيئاً؟

ضحك الجميع.. طمأنَها إخوتها أنَّهم حصدوا أكثر مِن نصف

المحصول، وأنَّ الأمور بخير.

تنفَّسَت أشين الصعداء، وفرحَت وابتسمَت لأول مرة منذ

سنين.

ضحكوا جميعاً، وتناولوا طعام العَشاء مع بعض الأصدقاء

المرهقين، والذين كانوا يساعدونهم في الحقل صباحاً، تناسَوُا

الرياح القادمة، وفرحوا بما أنجزوه اليوم.

مرَّ شهر، وفُتِحَت أبواب القلعة، وخرج الكاتب من قصر

الحاكم برفقة العربات التي تجرُّها الأحصنة مع الحرس مُدججين

بالسلاح، مرُّوا على كلِّ بيت ومزرعة في القرية، منهم مَن دفع مالاً،

ومنهم مَن أخرج المحصول، ومنهم مَن هرب وترك أطفاله وزوجته

لقدَرهم في مواجهة الكاتب المُحَصِّل ورجاله.

قاربت الشمس أن تغيب، وصل الحشد إلى آخر بيت في

القرية، خرج إخوة أشين، فتحوا المخزن، أخرجوا جوالات

المحصول، قيَّد الكاتب عدد أكياس الذرةِ، ووضع الختم في الورقة وسلَّمَهم إيّاها، مفيداً بأنَّ العائلة قد دفعَت ما عليها، وهذا ختم الملك.

حلَّ الظلام في القرية، وبيت عائلة شانتيل نجا مِن العاصفة، أخرجَت أشين بعضاً من اللحم المملَّح والذي كان هدية مِن جارهم أرمادا، محتفظةً به في السقيفة، قطَّعَتهُ وغسلَتهُ وأشعلَتِ القِدر، وقطَّعَت بعضاً مِن الخضار، وصنعَت طبقاً دسماً احتفالاً بمرور العام.

فتحَتِ الباب، ونادَت على جيرانها وأطفالهم، وصبَّت لهم بعضاً مِن الحساء وفيه قطع كبيرة مِن اللحم، سَعدَ الجميع بذلك الطبق، جلسوا في العراء يأكلون، تعالَتِ الكلمات وبعض ضحكات الأطفال، وسالَت دموع البعض الآخَر.

مرَّت أيام بعد ذلك اليوم، عاد الجميع لأرضِه، وبدؤوا في تنظيف الأرض للزراعة مجدَّداً.

جارا

اسم هندي يُطلَق على الإناث، ويعني الصخور الوردية، وهو اسم جديد وغير تقليدي ونادر الانتشار، وصاحبة اسم جارا تتميز بشخصية قوية ومفعمة بالأنوثة.

هو الاسم الذي كان يطلِقهُ أوليفر على تلك الجميلة التي أسَرَت قلبَه، ولَم يكُن يعرف اسمها، تلك الفتاة ذات العيون الزرقاء صاحبة الجراح بالذراع اليسرى.

أوليفر المغرور صاحب الكبرياء، ذو السلطة والجاه، قوي القلب، الفارس المغوار، أصابهُ مرض الحُب، حاول التداوي مرات عديدة، لَم يجد العلاج، ذهب بعيداً عمَّن أحبَّ لعلَّ البُعد يُنسِيه الهوى، لَم يستطِع النوم، فكلَّما أغمض جفنيه ظهرَت أمامه بشَعرها تبتسم لهُ في حُلُمه، تفتح لهُ ذراعيها، تنظر إليه بعينيها.. يستيقظ كالمجنون والكلُّ نيام، خاض المعارك وكأنَّهُ مهزومُ في حروب، وتلك الحربُ الأخيرة للنجاة بنفسه غلبهُ

الهوى، وأُعلِن انتصار الحب كالعادة في تلك المعركة، عاد أسيراً لقلبه، يبحث عمَّن صار لهُ مملوكاً.

زيكس يعرف ابنهُ جيداً، تحدَّثَ معه عن تلك الفتاة، وأنَّه يريد الزواج بها، لَم يكن لدى زيكس أي اعتراض رغمَ أنَّ الفتاة مِن العامة، ولكنهُ يحب ابنه، وتجاوزَ عن ذلك، أَمَرَ باجتماع للعائلة المالكة، حضر جيكوب وهو يحمل معهُ كتابهُ كالعادة، ومعهُ جاريتُه داليدا حافِظة أسراره، والقائمة على جميع شؤون الأمير.

جلس الجميع في انتظار فيكتوريا والتي حضرَت على عجل، تمتلك فيكتوريا الحق الأول بالجلوس جوار والدها الملك زيكس رغم صغر سنِّها.

أمر الملك بمأدبة، وجلسوا يتناولون الطعام، زيكس في رأس الطاولة، فيكتوريا يسار الملك، والكرسي على اليمين فارغ لا أحد يتجرأ على الجلوس عليه، جوار فيكتوريا جيكوب، وآخر الطاولة أوليفر.

أمر الملك بخروج الجميع عدا داليدا، ظلَّت واقفة مكانها، وكان مسموحاً لها دون غيرها مِن الخدم والعسكر وذوي المقامات الرفيعة.

قال الملك زيكس:

- إنَّ الأمير أوليفر سيتزوج، وأنا وافقتُ على الزواج.

رحَّب جيكوب بالأمر، وابتسَم لأخيه، وأراد الانصراف، لَم يسمح له زيكس لحين سماع فيكتوريا.

ردَّت:

- إن كان الملك قد وافق سلفاً، فما قد يفيد رأيها في ذلك الزواج؟!

الملك زيكس:

- هذه العروس مِن العامة!

داليدا تخطو خطوة إلى الوراء.

جيكوب يتنفس بعمق، يلتفت لأخيه مع ابتسامة لا تُظهِر أسنانه.

فيكتوريا:

- أهي تلك الفتاة القروية التي حضَرَتْ قبلَ أشهُرٍ مصابة بيدها، ولها ثلاثة إخوة؟

أجاب أوليفر:

- أجل هي.

صمتَ الجميع لبضع ثوانٍ مرَّت على أوليفر كأنها أعوام.

فيكتوريا:

- لا مانع عندي إن كان أخي سعيداً بها، ولكن لِمَ الزواج بها؟ أستطيع أن أحضرها لك جارية وتكون طوع أمرك!

اهتزَّتِ الطاولة مِن قبضة الأمير أوليفر مبدياً تحذيره لفيكتوريا مِن المساس بتلك الفتاة، فلَم تُبدِ فيكتوريا أي خوف من كلمات أوليفر لها، طلبَتِ الإذن بالانصراف، لكن والدها لَم يأذن لها للمرة الثانية، وأراد سماع جوابها، إما بالموافقة أو الرفض.

تحدَّثَ جيكوب أنه لا مانع لديه، وطلب الانصراف، وسُمح لهُ، فانصرف ومعهُ خادمتهُ داليدا.

جلسَت فيكتوريا في مواجهة أوليفر لتخبرهُ أنهُ لا مانع لديها إن وافق على شرطها.

يبتسم زيكس لأنه يعرف ما يدور في ذهن تلك الذهبية، يُصعَق أوليفر مِن شرط فيكتوريا، تعطيه مهلة يوماً وليلة، يوافق الأب على الأمر، ينتهي الاجتماع الملكي.

نزل المطرُ غزيراً في تلك الليلة، جلس أوليفر في غرفته مطلاً على حدائق القصر، وقطرات المطر تنزل مِن على جنبات نافذته في منظر جميل.

قرية كولمارا لا تتحمَّل مثل هذا الجمال، فالأمطار تعني السيول والخراب لأَسقُفِ المنازل، وضرراً لكثير مِن المزارع.

عانى أهل القرية في تلك الليلة، لَم ينَم أحد، خرج إخوة أشين لتفقُّد الحقول بعد اعتنائهم بسقف منزلهم، ذهبوا على عجل، وتركوا أشين وحدها في المنزل.

هي الأخرى خرجَت لتفقُّد الحظيرة وما يوجد فيها من بعض الأوعية المليئة بخراج ذلك العام، سقطَت بفعل الوحل والماء الجاري، ذهبَت خلف الحظيرة لتجلب وعاء ماء نظيفاً تغتسل به حين ترجع إلى المنزل.

اغتسلَت وجفَّفَت نفسها، ذهبَت إلى غرفتها تبحث لها عن ملابس نظيفة، أعجبها فستان أخضر تحبُهُ جداً، حاولَت إخراجهُ مِن الخزانة، كان عالقاً بشيء ما، أخرجَت جميع الأغراض من الخزانة لتجد صندوقاً قديماً شبه مفتوح نسِيَتهُ منذ زمن.

رجع إخوتها وتحلَّقوا حول النار لتدفئة أنفسهم، جلسَت بينهم أشين، ووضعَتِ الصندوق وسطهم، أحضروا أداة حديدية لفتح القفل؛ فقد كان الصندوق مزخرفاً جميلاً لَم يرَوا مثله مِن قبل.

فتحوا الصندق ورؤوسهم الأربعة مشرئبة تنظر في داخل الصندوق، ليجدوا قلادة ذهبية دائرية يمثّل نصفها الأسفل قرص الشمس، والنصف الأعلى سفينه تُبحِر، أسرهم جمال وبريق الذهب.

عادوا للصندوق مرة أخرى ليجدوا رسالة مغلفة بِخِتْمٍ أحمرَ داخل صندوق خشبي أصغر، لَم يهتموا لها؛ لأنهم لا يعرفون القراءة أصلاً ما عدا أشين، رجع الإخوة الثلاثة لتفحُّصِ القِلادَة فَرِحين بها.

دخلَت أشين غرفتها لتقرأ الرسالة، في بداية الرسالة مكتوب أنَّ هذه الرسالة والقلادة نسخة طبق الأصل عن تلك الموجودة في القصر، واصلَت أشين القراءة.

وفي الخارج اختلف الإخوة في بيع القلادة في أحد الموانئ الكبرى لأحد التجار الكبار، أو أحد النبلاء، ليحظوا بمبلغ من المال يساعدهم في باقي حياتهم، وينعموا بالرخاء لمدة طويلة.

خرجَت أشين فَزِعة مِنْ غُرفَتِها، خطفَت منهم القلادة، وأرجعَتها إلى الصندوق مع الرسالة، والإخوة ينظرون إليها، لَم يتحدَّث سِوَى الأخ الأكبر:

- ماذا في الرسالة؟

تردُّ أشين:

- موت وإعدامٌ ينتظرُنا إنْ ظَهَرَتِ القِلادة وهذه الرسالة.

الأخ الأصغر:

- نحن في الأصل نعيشُ في ترف، لِمَ نحتاج القلادة؟

الأخ الآخَر:

- هل بقي شيء مِنَ العَشاء، فأنا ما زلتُ جائعاً؟

الأخ الأكبر يُحضِر فأساً يحطِّم به الصندوق، ويشعل به النار للتدفئة.

أما القلادة فقد أخفَتها أشين في الحظيرة بعد نوم إخوتها حتَّى لا يفكر أحدهم بها مرة ثانية، خصوصاً أنَّ للذهب بريقاً يعمي الأبصار.

مرَّتْ عِدة أيام والجميع نسي الأمر ولَم يتطرقوا له سِوَى طَرقٍ أتى مِن الباب في يوم راحة الإخوة، لِيُذهِب راحتهم إلى الأبد.. إنهُ مبعوث مَلكي لأشين وإخوتها للحضور للقصر الملكي بأمر مَلكي.

وافق أوليفر على شرط فيكتوريا مقابل الزواج مِن أشين..

كان الأمر بالنسبة لتلك الفتاة القروية أبعد مِن أحلامها أن تتزوج من أمير يسكن قلعةً وحاكمٍ لأراضٍ، فارس مقدام، شجاع، الكل يهابه.

لَم تمرَّ ثوانٍ حتى تذكَّرَت ما في الرسالة، أفاقت مِن أحلامها الوردية، ولكن ماذا في يدها أن تفعل؟ فليس في استطاعتها الرفض، فهُم العائلة الحاكمة، والعالم الذي تعيش فيه قَطْعُ الرؤوس أهوَن مِن قطف الورد.

لَم يُبدِ إخوتها اعتراضاً أو قبولاً، تركوا الأمر لها.

وقفت أشين وحدها أمام الملك زيكس يخبرها بالزواج مِن أوليفر، ولا تملك حقَّ الرفض، إنهُ أمر مِن الملك، أومأت بالموافقة، وهي الشخص الذي عرَفَ سِرَّ الرِّسالة والقلادة.

تزوَّجَت أشين أوليفر، وعاشت معهُ عاماً مليئاً بالسعادة أنساها فيه حياتها القديمة.. عاشت حياة الأميرات بكلِّ تفاصيلها، من خدم وقصور، وعربات تجرها الخيول، وبعض الحرس لمرافقتها، والكثير مِن الطباخين والخياطين، أحبَّها أوليفر ورقَّ قلبهُ؛ لَم يعُد يَخرج كثيراً ويبطش بالرعاة المساكين، وتناسى أمرَ الحُكمِ والمعارك، وترك كل شيء لأخته فيكتوريا.

رغم ذلك لَمْ تنسَ أشين حزنها وألمَها وحقدها على مَن كان السبب في موت والدها، ورحيل جارها وصديقها أرمادا.

أمَّا أوليفر فقدكانت لهُ زيارات لأخيه جيكوب، فقد كانا قريبين مِن بعضِهما كثيراً، وعندما عَلِم بأن أشين تجيد القراءة وتعرفُ الكثير من اللُّغات، أُعجب بها جيكوب أكثر، وفتح لها

مكتبته، فأصبحَت تزورها في بعض الأحيان عندما تكون وحيدة وأوليفر ليس في المدينة.

اهتمَّ الملك زيكس بإخوة أشين، وأعفتهم فيكتوريا مِن الضرائب وخراج الأرض، وأصبح حالهم ميسوراً.

مرَّ عديد الأشهر والسعادة تعمُّ الجميع مع انتشار خبر حمل أشين لمولود قادم.

أمر الملك زيكس فرحاً بحفيده القادم بإقامة الاحتفالات، وإطعام العامة، وتوزيع بعضٍ مِن الأموال على الحضور.

كانت أيام حمل أشين صعبة، وتصعب عليها الحركة، ملَّت من الجلوس في غرفتها أو النوم على سريرها، قرأت جميع الكتب المهداة مِن الأمير جيكوب لها.

نادت على خادمتها لتستند عليها، وأمرتها بالذهاب لمكتبة جيكوب، حارس المكتبة معه أوامر بالسماح لأشين بالدخول، على الفور فتح لها الباب، جلسَت أشين تبحث عن شيء جديد لتقرأه، جلسَت في مكتبة الأمير جيكوب لتستريح بعض الوقت.

مالت برأسها أعلى الأرفف، لتلمح صندوقاً تعرفهُ جيداً ليس منذ زمن بعيد... يشبههُ تماماً.. ارتعشَت خوفاً، طلبَت مِن مُرافقتها العودة إلى غرفتها، لَم تخرج ذلك اليوم مِن تحت غطاء سريرها،

أحضرَت لها مُرافِقتها طعام العَشَاء وبعضاً من اللبن، التفتَت إلى خادمتها وقالت لها:

- إذا أمرتُكِ بفعل شيء أتفعلينه دون إخبار أحد؟

أجابت المُرافِقة دون ترددُّ:

- نعم!

أمرَتها بإحضار ذلك الصندوق، ووصفَت لها مكانه، فذهبَتِ الخادمة.

انتظرَت أشين طويلاً، ولَم تَعُد مرافقتها، غلبها النعاس فنامت، استيقظَت فجأة تبحث عن خادمتها، كانت الشمس قد أشرقَت، أزاحَتِ الستار عن نافذتها وفتحَتها تستنشق عبير الصباح الجميل، وتشاهد حدائق القصر الجميل وأسوارها العالية، ليلفت نظرَها حارسٌ مِن فوق السور يحمل رأس خادمتها، ويلقيهُ فوق سور القلعة، ويعود إلى الحراسة.

لَم تنهض مِن سريرها ذلك اليوم، طرقَ باب غرفتها بِرقَّة، كان الطرق في قلبها كقرع طبول الحرب، أجابَت فزِعة وبصوت عالٍ:

- ماذا تريدون؟ اتركوني بسلام، أنا لا أعلم شيئاً!

أجاب صوتٌ رقيق مِن خلف الباب:

- أنا مُرافقتك الجديدة، أستأذن بالدخول.

تغلق أشين النافذة، وتُنزِل الستائر، تدخل الخادمة:

- أتأمرين بشيء سيدتي؟

أشين:

- لا! ابقي في الخارج رجاءً.

حافظَت أشين على برودة أعصابها، ولَم تبدِ أيَّ ردَّة فِعل على موت مرافقتها، وذلك في سبيل الاعتناء بمولودها القادم.

دعا الملك زيكس أبناءَه لعَشاء خاصٍّ لأفراد أسرته فقط دون نبلاء أو خَدم.. حضر جيكوب مع مرافقته داليدا.. فيكتوريا أول الحاضرين، تهمس لوالدها.. أوليفر وزوجته أشين آخِر الواصلين.

جلسوا جميعاً إلى طاولة العَشاء، تحدَّثوا، ضحكوا، أكلوا وشبعوا، اطمأنَّ زيكس على حفيده القادم، وأَمَرَ بالأفضل لأشين.

هَمَّ الجميع بالمغادرة.. تتحدَّث داليدا لأشين دون مقدمات:

- ماذا كانت تفعل خادمتك في الجناح الخاص للأمير جيكوب وتبحث في مكتبته المحظورة على الجميع؟

تسمَّرَت أشين في مكانها، فالتفَت أوليفر لداليدا:

- ماذا قلتِ لها؟

أمسكَ أشين مِنْ يدِها وخرجا.. أوصلها إلى غرفتها، وعاد مسرعاً إلى أخيه جيكوب:

- بماذا هَمَسَتْ خادِمتُكَ الملعونة لزوجتي؟ لا تمارس خدعك وألاعيبك عليَّ، وأخبِرني دون مراوغة!

جيكوب:

- هل تعرف لمَ أعدَمتُ خادمة زوجتك؟

أوليفر:

- هل أصابكَ الجنون أخيراً؟! كيف لك أن تُعدم خادمة أحضرتُها لزوجتي؟!

هدَّأ جيكوب مِن انفعال أوليفر، وأخذهُ إلى مكتبته، أنزل الصندوق مِن فوق المكتبة، فتحهُ بمفتاح يحفظهُ مربوطاً إلى معصمه.

جيكوب:

- يبدو أنَّ زوجتك على عِلمٍ بِسِرِّنا.

أوليفر:

- هذا الأمر مستحيل! مِن أين لها أن تعرف؟! إنَّها مِن عامة الشعب.. مهلاً! أما زلتَ تحتفظ بالنُّسخ لكلِّ شيء؟ أنتَ دائماً تسعى للابتزاز والألاعيب، إن عرف أبونا بأنَّك ما زلتَ تحتفظ بمثل هذا السرِّ المحرَّم ذِكرُهُ في عائلتنا سيكون عقابك شديداً! ألَم يأمرك بتدمير الصندوق ومحتواه، والصندوق توءمه؟

يدخل الملك زيكس في المحادثة، وقد كان يجلس في ركن مِن المكتبة، لَم ينتبه لهُ أوليفر.

زيكس:

- فلنَدَع هذا الحوار لحين ولادة أشين لأميرنا الصغير، أمَّا توءم الصندوق فقد عثرنا عليه في بيت عائلة أشين ومعهُ رسالة ونسخة مِن القلادة، لا تخف على أخيك يا أوليفر، فهو يخبرني بكل شيء، وأنا أعرف كلَّ شيء.

ثمَّ يوجه كلامه لابنه أوليفر: لا تَخَف على زوجتك، لن نفعل لها شيئاً دون علمك.

أوليفر مقاطعاً:

- لا تهتمَّ يا أبي، إن كانت أشين على علم بمحتوى الصندوق سآتيك برأسها في صندوق.

جيكوب:

- إذاً نحن متَّفقون أنَّ حُكمنا لهذه البلاد مرتبطٌ بما في الصندوق، وأُراهنك على أنها تعرف بأمرنا.

***

أشين في شهرها التاسع تتألَّم في غرفتها، وتصرخ ومعها طبيب القصر وكثيرٌ مِن الخَدم، والأميران ينتظران في الخارج، فيكتوريا تنتظر في قاعة المَلِك بفارغ الصبر المولود حفيد الملك القادم، أذَكَرٌ أمْ أنثى.

زيكس في قبو القلعة مع حارسه الأمين ذي السيف المكسور، ذلك المقاتل الذي لا قلب لهُ، يأبى التخلِّيَ عن سيفه الصدِئ المكسور في الأطراف، ويعوض عن قِدَمِ سلاحه بقوة جسمه، بطيء الكلام، يفعل ما يأمرهُ الملك فقط، ولا يطيع أوامر غيره.

يعمُّ الفرح أرجاء القصر كلّه ببكاء الصغيرة.. إنها فتاة.. ابتسم القدر لفيكتوريا الذهبية مرة أخرى؛ لا مُنافِس لها حتى في المستقبل البعيد.

سعِد الأمير بالطفلة، وظلَّ جيكوب دون ردَّة فِعل، وزيكس يُحبَط أنَّ حَفِيدَهُ فتاة لا مقعد لها في سدَّة الحكم.

أمر زيكس الجميع بالانصراف، ثمَّ دخل على أشين، لَم ينظر إلى الطفلة:

- ماذا سمَّيتُم الطفلة؟

أوليفر:

- سمَّيتُها كوزييه.

زيكس متوجِّهاً صوب أشين، سألها وهي مرهقة مِن الولادة، سألها دون مقدمات في وجود فيكتوريا وأوليفر، أمَّا جيكوب فقد خرج مسرعاً عندما رأى قدوم الملك وهو يحمل الصندوق؛ لأنه أدرى بما يريد والده أن يفعلهُ، ودخل جيكوب أحد الساديب في القلعة وخرج:

- هل رأيتِ مثل هذا الصندوق مِن قبل؟

أشين:

- نعم.

فيكتوريا:

- سنُريكِ محتويات الصندوق ولكن في قبو القلعة، هل تستطيعين النزول معنا؟

أشين:

- نعم.

أوليفر يحمل الطفلة وينزل بها، وجيكوب يعود ويمسك يد أشين، وينزل الدرج بها، يهمس بكلام مسموع لأشين:

- دائمًا إلى اليسار.

لَم تفهم شيئاً.. وصل الجميع إلى السجون داخل قبو القلعة، الرائحة سيئة جداً، والمكان مظلم، أضاء لها زيكس إحدى الزنزانات، اقترَبَت أشين لتجد هيكلاً عظمياً مربوطاً بسلاسل،

وفي مواجهته ثلاثة أشخاص نائمين بدا عليهم الهزال والضَّعف الجسدي، إحداهم يبدو أنها امرأة طاعنة في السن.

لَم تبدُ على أشين أي علامات اهتمام أو حزن أو تعجب، فزيكس معروف لدى جميع أهل قريتها بالعنف والمعارك والظلم للمزارعين.

أبدي الجميع استغرابهُ لردَّة فعل أشين الباردة تجاه ما رأت، ذهبوا إلى الغرفة المجاورة، وكان الطبيب موجوداً، حملَتِ الطفلة التي بدأت في البكاء، حملَتها أشين وحاولَت إرضاعها لبعض الوقت، اقترب منها الطبيب، وأعطاها زجاجة، وطلب منها شربها، والجميع ينظر إليها، طمأنَها بأنَّها دواء خاصٌّ يساعد على استعادة عافيَتها بسرعة.

قرَّبَت أشين الزجاجة مِن أنفها، عرفَت على الفور جميع مكونات المحلول؛ فقد كانت تساعد والد أرمادا في صناعة الأدوية ليحملها في ترحاله.

تنظر لأوليفر:

- هل أحتاج لأن أشرب هذا؟

أوليفر:

- نعم بالتأكيد.

أشين:

- أجل.. أنا أعلم سرَّكم البغيض أيتها الوحوش القذرة! تنظر لأوليفر: أحببتكُ بِشَرِّكَ، وما زلتُ أُحبُّك رغم غدرك.

وتركض خارجاً.. يضحك جيكوب، تتَّجه يساراً لتجد مخرجاً ذا باب حديدي مفتوح، تركض وهي تحمل ابنتها بذراع واحدة، والأخرى ترفع بها ثوبها لتركض أسرع، القمر مضيء ولا مكان للاختباء، وأصواتُ الجنود والحرس وكلاب الصيد خلفها، تنزف دماً جرَّاء الولادة، لَم تبالي، تركض للنجاة بحياتها ومستقبل طفلتها، تبكي.. تصيبها المرارة.. حب حياتها.. زوجها وأبو طفلتها يريد قتلها!

زيكس يشير لحارسه بأنهُ يريد رأسها قبل شروق الشمس، وأوليفر يركب حصانه الأسود منطلقاً لإنقاذ ابنته.

جيكوب يأمر داليدا، فتذهب هي الأخرى خلف أشين، تبكي الطفلة كوزييه.. تهدأ الأم، تجلس بجوار النهر متكئة على شجرة، وضوء القمر يختلط بالدم الأحمر الذي ينزل منها.

لا تزال الطفلة تبكي؛ فهي ما زالت لَم تشبع مِن حليب أمها حتى الآن.. أصوات الجنود تقترب، يصل إليها حارس الملك زيكس أولاً، يُخرِج سيفهُ الصدئ مقترباً مِن أشين وكوزييه تبكي، لَم تتحرّك مِن مكانها، وصل عندها، وقفَ لحظة، أنزل سيفه،

حمل الطفلة بين ذراعيه، لَم تتحرك أشين؛ فقد فارقَتِ الحياة تحت ضوء القمر بجوار نهر الغابة بِفِعلِ نزيفها مِن ولادة كوزييه، وألم الخيانة، ورعب الطريق إلى النهاية.

وصل أوليفر فوجدَ الطفلة بين ذراعَي ذلك الحارس، يضرب برجليه على الأسوَد لتزداد السرعة، يخرُجُ حارس الملك زيكس مِن خلف الشجرة ليصطدم بحصان الأمير أوليفر، ويسقط الجميع.. كوزييه لصِغَر حجمها لَم تتأذَّ وتُقذَف بعيداً وتعود خلف جثة أُمِّها خلف الشجرة.

كُسِرَت رجل الأمير أوليفر تحت حصانه الأسوَد، خرج سليماً حارس الملك زيكس، ووصل بقية الجند لموقع أوليفر وداليدا معهم.

نهض حارس الملك.. ذهب لمساعدة أميره، اقترب منه ومدَّ يده، جفل حصان أوليفر الأسود ليتعثَّر الحارس، ويسقط على الأمير، ينهض الحارس يبحث عن سيفه ليجده مغروساً في صدر أوليفر!

صُدِم الجميع، تخرج الدماء مِن فم وصدر أوليفر، تنظر داليدا للأمر وتدير ظهرها؛ فإنَّ لَدَيها مهمةً أخرى موكلة إليها مِن جيكوب؟

تجد الطفلة كوزييه مغمىً عليها ولا تُصدِر صوتاً، تحملها بسرعة، تختفي في الغابة بعيداً عن أعين الجند المصدومين بموت أوليفر غير المتوقَّع، فقد كان قائدهم في الحروب، شديد البأس، يموت بحادث بيد أحد أعوان أبيه!

تركض داليدا في الغابة عائدةً إلى القصر لإسعاف كوزييه الصغيرة، تلمح رجلاً عجوزاً.. تختبئ بسرعة لحين مروره، كان العجوز أعمى، تعثَّرَ كثيراً، واصطدَم بالأشجار أيضاً.

خرجَت داليدا، وأمسَكَت يدَ العجوز لتصحبهُ خارج الغابة، أخبرَها أنه في طريقه عثرَ على قرية محترقة، وتعثر بهذه الطفلة، إنهُ في طريقه لدفنها.

كانت الطفلة قد أغمي عليها مِن كثرة الدخان، فحَسِبها ميتة، كانت رضيعة تكبر كوزييه بعدة أسابيع، تفقَّدَتها داليدا في سيرهما خارج الغابة.

استيقظَتِ الطفلة، أعادَتها إلى الرَّجل العجوز، فرحَ بها كثيراً، وشكر داليدا، وأخبرها أنه سيعتني بها.

خرجا من الغابة، وأخبرها بزيارته لشكرها.. افترقا.. عادت داليدا إلى القصر مسرعةً، ذهبَت على الفور إلى طبيب القلعة.

كوزييه

بعد عدة ساعات عاد الجنود إلى القصر محمَّلين بالجثمانَين، وضعوهما أمام الملك في القاعة الكبرى، أزال الغطاء عن وجه ابنه أوليفر، وبكى كالأطفال، وأمر له بجنازة ملكية.

فيكتوريا وجيكوب واقفان خلف الملك الذي أمر بإعادة أشين لأهلها في صندوق خشبي قديم، وراح يبحث عن الطفلة، يقترب منهُ جيكوب ليخبرهُ أنها بخير، وهي موجودة في غرفتها.

الحارس المتسبب في مقتل أوليفر رغم أنَّ الجميع شَهِد أنهُ كان حادثاً.. وُجِدَ رأسهُ مُعلَّقاً في مدخل القصر، وجسدهُ يُزيّن سور القصر بعلامات تعذيب واضحة للعيان.

صعد زيكس الدرج مسرعاً وخلفهُ فيكتوريا وجيكوب وبعض الخدم، أخبرهم بإحضار الطبيب.

حضر الطبيب في لحظات، همس في أذنه، بدا الرعب واضحاً في هيئة الطبيب، دخل غرفة كوزييه، مرَّت عِدَّة دقائق، صرخة

صغيرة تخرج مِن تلك الغرفة الكبيرة لطفلة بريئة، لَمْ يتحرّك أحد مِن مكانه، خرج الطبيب وفي يده لفافة صغيرة مليئة بالدماء، تتغيَّر ملامح الجميع، ماذا فعل الطبيب؟

يسلِّم اللفافة للملك.. يفتح الملك اللفافة، إنَّهما عينان صغيرتان لطفلة صغيرة.

فيكتوريا:

- ماذا فعلتَ؟

زيكس:

- لا أُحب أن تكبر الفتاة وتعلم أني السبب في مقتل والديها وتنظر إليَّ بهاتين العينين، فلتعِش بيننا في ظلام.

***

رجل أعمى وعجوز يتلمَّس الدرب ليصل إلى كوخ يعيش فيه بجوار بعض الناس الطيبين، يحمل معهُ طفلة رضيعة لا يعلَم مِنْ أين يطعمها، وهو يعيش على بعض معونات جيرانه مقابل تعليم أبنائهم فنون القتال، مع بعض استشارات يقدِّمها للمزارعين تخصُّ زراعتهم.

54

وضع الطفلة جوارهُ، ونام مِن تعب الطريق، استيقَظ.. تلمَّس بيده جواره ليطمئنَّ على الطفلة.. لَم يجدها.. نهض مذعوراً.. بحث عن عصاه ليتَّكئ عليها وينهض.

دخلَت عليه جارته لتطَمئنَه أنَّ الطفلة معها، وقد أرضعَتها وتركَتها تنام، فجلسَ العجوز مبتسماً مرتاحَ البال.

تسأل الجارة عن اسم الطفلة، فيرد العجوز:

- إنَّ المرأة التي أنقذَت حياتها سمَّتها كوزييه.

مرَّت شهور والعجوز وجارته يعتنيان بالطفلة المرحة السعيدة قليلة البكاء، ذات الشعر الجميل والعيون الزرقاء.

أمَّا في قصر الملك فقد عاشَت كوزييه في ظلامها لا ترى شيئاً، قليلة الحديث، في الصباح يُحضِر الخدم لإطعامها وتغيير ملابسها، وفي المساء كذلك ليس لها أحد يلعب أو يتحدَّث معها سِوَى خادمتها التي تعتني بها.

عملات ذهبية

مرَّ عامان، عاد زيكس مِن غزواته ليجد فيكتوريا قد زادت مناجم الذهب، وعملَت على خصوبة الأراضي الزراعية، ليزداد العبيد بؤساً والمزارعون ظلماً، لَم تهتم لموطنيها بتاتاً، أصبح اسم فيكتوريا الذهبية معنى للمعاناة والظلم والقسوة، لينمو الحقد وتزداد الكراهية مِن قِبَل المزارعين تجاه زيكس وأسرته الحاكمة. جيكوب لَم يهتمَّ لأمر الحكم يوماً، أصبح كثير السَّفر، يعود إلى البلاد في أوقاتٍ قليلة، وينعزل في مكتبته.

قبل خمسة عشر عاماً، الأمير جيكوب وصديقه كانا محِبَّين للسفر، واقتناء النفائس مِن الأشياء، والاستماع إلى القصص والحكايات، قابلَا في سَفرهما امرأة غجرية مهنتها الترحال والغناء، جلسا في صحبتها، ودفعا المال، واستمعا لأجمل غناء وأرقّ معزوفة سمعاها مِن الأزل.

سـهرا طوال اليل، وشـربَا كثيراً مِن الخمر، عزفَت لـهما أجمل الألحان على كمان كان معها.

جيكوب:

- أعطِيني هذا الكمان لأعزف لكم قليلاً.

الغجرية:

- هذا مستحيل عليك، لن تلمس هذا الكمان أبداً!

صديق جيكوب:

- لماذا؟! ألا تعرفين مَن هذا الرجل؟! إنه أمير مملكة.

الغجرية:

- أتعرف أنتَ لمن هذا الكمان؟

جيكوب:

- ألِغجريةٍ ستفقد رأسها إنْ لَم تمتثل لأوامري؟!

الغجرية:

- ستفقد يدَيك أولاً، هذا الكمان ملك للوسيفر ملك الشياطين والعالم السفلي، صنعَهُ بيديه، وألَّفَ وعزفَ عليه مقطوعة الظلام، ولهُ أربع مقطوعات لأربع قِطَع موسيقية، إحداها هذا الكمان، أمَّا الثلاثُ فهي للبيانو، الناي، والقيثارة الموجودة في مدينة أتلانتس الضائعة.

جيكوب:

- حسناً.. لا داعي لأن تعطينا إياه، اعزفي لنا أنتِ تلك المقطوعة.

الغجرية:

- المقطوعة في حوزتي، ولن أعزفها ما حييتُ.

صديق جيكوب:

- لماذا؟

الغجرية:

- مَن يستمع إلى هذه المعزوفة الشيطانية تحلُّ به الكارثة، فضلاً عن أنَّ هذا الكمان كان مِن صُنع الشيطان، وعزف عليه هذه النغمة، وجميع مَن استمع إليها حلَّت به كارثة أو أصابتهُ لعنة.

لَم يَخَف جيكوب، بل ازداد حماساً للحصول على تلك المعزوفة.

كان هذا قبل خمسة عشر عاماً.

***

فيكتوريا تمتلك عدة مناجم ذهبية بها آلاف العُمَّال
والعبيد، بفضل ذكائها وحُبِّها للذَّهبِ والمال ازدهرَت خزائن
المملك، أنشأت مصنعاً لتحويل ذهب المملكة إلى عملات ذهبية
تحمل صورة أبيها زيكس، تمَّ التعامل بتلك العملات في التجارة
وكلِّ ما يخُصُّ البيع والشراء في المملكة.

أصبحَت عملات فيكتوريا رسمية ومقبولاً التعامل بها في
كافة أنحاء تلك القارة، ليصبح زيكس سيد الإقطاعيين بعملاته
الذهبية، أينما ذهب كان يُستَقبَل استقبال الملوك في أراضيهم،
جميع النبلاء والأمراء استدانوا مِن فيكتوريا لحلِّ مشاكلهم
وتسيير أمور ممالكهم، وهكذا انحنَت تلك القارة المظلمة
لزيكس وعائلته.

نزل زيكس إلى سرداب قلعته، وهو ما يفعلهُ في كثير مِن
الأحيان عندما تغمرهُ السعادة ليتفرَّج على الزنزانة الثالثة أسفل
اليسار.. لَم يسمع فيها صوتاً منذ ثلاثين عاماً، احتوَت على ثلاثة
أشخاص وهيكل عظمي.

***

الرجل العجوز يهتمُّ بكوزييه الصغيرة التي لَم تبلغ العاشرة؛ ليعلِّمها الكثير مِن الكتب واللغات، وتصبح عينَي العجوز في ترحاله وعند قضائه حاجاته.

لَم يستطِع الاستغناء عنها، ولَم تفارق يده، كان أباً وأماً لها، عاشت معه السعادة، وظهر عليها النبوغ، أحبَّتِ الخيل والفروسية.

حضرَت في يوم مِن الأيام إليهما داليدا وهي محمَّلة بالهدايا، عرفَها الرجل العجوز مِن صوتها على الفور، فهي مَن أنقذَت ابنتهُ الصغيرة مِن الموت في الغابة ذلك اليوم.

أهدَتهُ بعض العملات الذهبية لينفق منها هو وابنتهُ، عادت لفرسها لتجد كوزييه ممتطية ظهرَ الجواد مع شعرها الأسوَد وعينيها الزرقاوين.

أنزلَتْها وركبَتِ الفرس وانطلقَت، عادت بعد عدة أيام وبصحبتها فارس مع فرس، كان هذا الفارس مأموراً بتعليمها ركوب الخيل والفروسية، مع بعض فنون القتال التي لَم تعرفها الإناث في ذلك الزمان.

في قلب كوزييه رأت نوراً وأياماً مشرقة، مع اهتمام وحب وعطف من حولها.

قصر القلعة كان مليئاً بالظلام والخوف، كوزييه الصغيرة لَم ترَ غير الظلام الحالك مع كثير مِن الصمت والانعزال، بجوارها المؤامرات تحاك، وأسفلها ظلمٌ قامع منذ سنين.

عمرها الآن خمسة عشر عاماً، لَم تعرف مِن هذه الدنيا غير غرفتها.. طعامها وشرابها، وصوت العصافير صباحاً، وهمسات الخَدَم مساء.

لَم يتقرَّب إليها أحد مِن النبلاء، فَهُم نسُوا وجودها أصلاً.. وكان زيكس قاسياً خائفاً مِن تلك الكوزييه الموجودة في قصره، وسرِّه أسفل قبوه، لَم يكن له وريث سوى فيكتوريا، جيكوب له أهدافه الخاصة بعيدًا عن الحكم، والجميع يعلم ذلك، وهو أمرٌ لن يعترف به باقي الأمراء والنبلاء، فلَم يسبق أن حكمَت إحدى الإقطاعيات امرأة، كان هذا الأمر مؤرقاً لنومه.

استيقظ ذات يوم باحثاً عن جيكوب، فهو الابن الوحيد الباقي لدَيه بعد مقتل أوليفر.. توجَّه إلى جناحه في القصر، أخبرتهُ داليدا أنَّه كان هنا مساءً، وتوجَّه صباحاً إلى مكتبته ولَم يخرج منها.

توجَّهَ على الفور إلى مكتبة جيكوب، فتح الباب، دخل، بحث يميناً ويساراً، لَم يجد ابنهُ، جلس على كرسيه في المكتب، مَضَت

ساعات، خرج جيكوب مِن بابٍ سِرِّيٍ وراء مكتبه؛ ليجد أباه في انتظاره.

جيكوب:

- ما الذي أحضَر مَلِك البلاد إلى جناحي؟

زيكس:

- أحبُّ أن أحادثك في أمر جلَل.

استغاث به ليولِّيه الحُكمَ مِن بعده، ويحفظ حقَّ الأسرة في حُكمِ المملكة.

لَم يهتم كثيراً بما قاله ذلك العجوز الشرير، أخبره أنهُ ذاهب في رحلة، وعندما يعود سيقرِّر ماذا يفعل.

زيكس:

- فيكتوريا تسعى لحكم المملكة، وقد اشترطَت على أخيها أوليفر قديماً إذا أراد الزواج مِن أشين أن يتنازل عن حقه في الحكم، وهي تسعى إلى حكم جميع الممالك وتوحيدها في دولة واحدة تحكمها هي.. تلك الفيكتوريا لا تفكِّر سِوَى بالذهب وحكم الناس واستعبادهم، ستُشعِل كثيراً مِن الحروب في سبيل ذلك، وستنفق الكثير مِن الذهب!

كنز العم جيكوب

خرج زيكس بعد تلك المحادثة، جيكوب لَم يوافق أو يرفض عرض والده، أخبره أنه ذاهب في رحلة وعندما يعود سيقرّر.

عاد جيكوب إلى غرفته السرية أسفل مكتبته، لَم يكن يوجد بها سِوَى كرسي قديم موضوع عليه كمان أحمر بخيوط سوداء، وبقايا متناثرة لكثير مِن العظام والدماء الحمراء التي لوَّنَت جدران الغرفة، وقزمٌ مشوَّه في الركن.

قبل خمسة عشر عاماً.. في كهف مظلم، في حوزته قرد ميّت هرب به إلى ذلك الكهف بعد أن خطف المخطوطة التي كانت بحوزة الغجرية، طارد القردَ جيكوب وصديقه حتى عثرا عليه، فرحَا به؛ فقد وجدَا ما كان ممنوعاً عليهما لمسهُ.

نَهَتْهما الغجرية عن عزف المقطوعة، وحذَّرَتهما مِن فعل ذلك، وقد خيَّر جيكوب الغجرية بين السيف والنقود مِن أجل الكمان والمعزوفة.

***

رجَعَ جيكوب وصديقهُ إلى قصرِهِما، وفي الطريق شربا كثيراً، أمسَكَ صديقهُ بالكمان وبدأ بالعزف، رأى تلك المخطوطة وداخلها المعزوفة، وبدأ بعزفها، ولَم يُكمل سطرها الأول حتَّى فقد جيكوب الرغبة في الحياة، واعتصرهُ ألم شديد، وأُغمِي عليه.

صديقهُ لَم يستطِع إفلات عصا العزف، واصل بها العزف ومع كل نغمة يصغر جسمهُ إنشأ حتَّى أصبحَت عيناه أقرب لأصابع قدميه مع زوال جزء كبير مِن جسده، وتشوَّه وجهه، ولَم يستطع الكلام أو الحركة، وبقي هكذا حتى الصباح.

استيقظ الأمير جيكوب ليجد بِركة مِن الدِّماء وسطها ما تبقَّى مِن صديقه، والكمان في يده، والمعزوفة بجواره.

خمسة عشر عاماً مرَّت، وهو في كُلِّ مرة ينزل قبوه مع شخص يُعَلِّمهُ المقطوعة، يغلق عليه الباب، ويأمُرهُ بالعزف، يبدأ العزف ومعه الصراخ.

ينتظر يوماً كاملاً، ثمَّ يفتح الباب ليجد إمَّا عظاماً أو كومة مِن اللحم، والقزم كما كان، ورغبة الأمير في الحياة لا تعود.

***

خرج جيكوب في رحلته كما أخبر والده بذلك، في العادة لا يرافقهُ أحد عندما يخرج في هذه الرحلات، رغم أنهُ أمير ولهُ حرَّاسه.. حَمَل متاعهُ، وركب فرسهُ وانطلَق.

بعد شهر مِن ذهابه تقطَّعَت به السبل في إحدى المناطق النائية، فقدَ حقيبتهُ التي بها عملاته الذهبية، لَم يتبقَّ معه شيء.

وصل إلى قبيلة تقطن بجوار جبل ضخم يظلِّل عليها، رحَّب به شيخ القرية وأهلُها، وعُرِضَ عليه المبيت لليلة واحدة فقط وبعدها عليه الرحيل.

أطعموه وأكرموه جيداً، سُعِدَ بذلك، قادوه إلى خيمة خصَّصوها لهُ للمبيت.

حلَّ الظلام.. أمروه بعدم الخروج مِن الخيمة أبداً، ونصحوه بالنوم باكراً، وضعوا على باب الخيمة حارساً، دخل عليه كبير القبيلة وأخبره أن اليوم هو يومٌ مقدَّس بالنسبة لهم، يقومون فيه بالاحتفال والرقص، ومشاركة الغرباء تُعَدُّ محرَّمة.

لَم يبالِ جيكوب كثيراً؛ لأنهُ أمير لَم يعتد أن تُصدَر لهُ أوامر.

هبط الليل.. نام الأمير مِن شدة التعب، استيقظ لقضاء حاجته، سمع أصوات أهل القبيلة في الخارج مع الطبول

والأهازيج يحتفلون ويرقصون، أخرجَ رأسهُ مِن خيمته ليسترق النظر رغم تحذيرات كبيرهم، لَم يجد الحارس، وجد ناراً عظيمة، وجَميعَ مَن في القرية يرقصون حولها، رجالاً ونساءً، أطفالاً وشيوخاً، مع قرع الطبول ذهبَتِ العقول برقص أقرب إلى الجنون.

لَم يستغرب الأمر؛ فقد رأى كثيراً مِن هذه الأمور في ترحاله، أعجبَتهُ حركات أرجلهم في الرقص، أنزل عينيه ليرى، وجد لهم ذيولاً تخرج مِن أجسادهم تلامس الأرض لكلِّ مَن يرقص، دبَّ الرعب والقشعريرة في جسده، واصلَ النَّظر لأنَّه لَم يستطِع الحراك.

ازدادَ الرَّقصُ جنوناً، وسرَّعوا مِن الوتيرة، صَمَتَ الجميع فجأة، صدرَ صوت مخيف مِن أعلى الجبل استجاب لهُ أهل القرية بالفرح، وعادوا إلى الرقص.

اقترَب منتصف الليل.. اقترب الأطفال مِن داخل الحلقة القريبة مِن تلك النار، ثم النِّساء شكَّلنَ حلَّقة بعدَهم، ثم الرجال، وفي الأخير عجائز القوم.

لَم يتوقَّف الرقص أبداً، والجميع أعينهم على الجبل، هبط عليهم مخلوق مهيب مجنح بشع المنظر، هبط وسط تلك النار، فَرح أهل القبيلة وتحمَّسوا، ازدادَ قرع الطبول والرقص، رقص

معهم المخلوق حتى اقترَب طلوع الفجر، فَرَدَ جناحيه، وطار عائداً إلى الجبل.

أشرقَتِ الشمس، وعاد الجميع إلى طبيعته، واختفَت ذيولهم، وعاد جيكوب إلى فراشه متثاقلاً مرعوباً ممَّا رأى، لَم يكد يجلس حتَّى دخل عليه شيخ القبيلة، سألهُ:

- هل نِمتَ جيداً؟

جيكوب:

- نعم، فلَم أنَم هكذا منذ زمن.

أمر لهُ بإحضار الطعام للإفطار، فحضر الطعام، وأدخلَتهُ عليه امرأة حسناء، همسَت لهُ:

- أفطِر، ثمَّ غادِر، نحن نعلم أنَّك لَم تنَم ليلة البارحة.

لَم يستطِع جيكوب الردَّ عليها، أخبرَتهُ أن يغادر دون رجعة، وإذا أخبر أحداً بما رأى فإنَّهم سيجدونه في أي مكان يذهب إليه في هذه الأرض.

لَم يَلمس الطَّعامَ، خرج ووجد حصانه، ودَّعهُ أهل تلك القبيلة الطيبون.

لَم يردَّ عليهم التحية، خرجَ مسرعاً مع حصانه دون الالتفات وراءهُ، لَم يتعدَّ بضعة مترات خارج حدود القبيلة حتى سقط حصانه ميِّتاً.. على الأرجح مِن الرعب الذي شاهدهُ ليلتها.

سار الأمير على قدمَيه لأول مرة في حياته، سار كثيراً حتّى وصل إلى أراضي المملكة، عرفَه حَرسُ المملكة على الفور، أحضروا العربة التي تجرُّها الخيول، جلس فيها مُرهَقاً متعَباً، وأمرهم بالإسراع في العودة إلى القصر، كانت مسيرة يوم كامل تمرُّ عبر كثير مِن القرى.

أشغل الجندي سوطهُ في ظهور الجياد امتثالاً لأوامر جيكوب، كادتِ العربة أن تقلع مِن مكانها مِن السرعة الزائدة، خرج رجلٌ عجوز مِن خلف شجيرات تقودهُ فتاة صغيرة في السن، فاصطدمَتِ العربة بالرَّجُل العجوز، قفَزَتِ الفتاة ذات الخمسة عشر عاماً، دُهِسَ الرجل العجوز بين حوافر الخيول، واصطدمَتِ به العربة، ومرَّت فوق جسده الممزَّق ليفارق الحياه في وقتها.

انزاح ستار الغبار، توقَّفَتِ العربة، تتلفَّت كوزييه تبحث عمَّن كان لها أباً وأُماً في هذه الحياة، لتَجِدَ جسداً ممزَّقاً وملابس اختلطَت بكثير مِن الدماء، ووجهاً لَمْ تعتَدْ رؤيتهُ بهذه الهيئة المليئة بالجراح.

احتضنَت أباها، وبكَتْ وصرخَتْ كثيراً، تجمَّع أهل القرية، اقترب جيكوب مِن الجثة، أصابتهُ الدهشة فيما رأى.. إنَّهُ أزورا.. الحارس الملكي أزورا، كيف ما زال حياً حتّى هذا اليوم؟! إنهُ أزورا

الحارس الملكي الخاص، مَن هرب ليلة الحرب الكبيرة في القصر الملكي، هرب ومعهُ سِرُّ عائلة زيكس، أزورا والد شانتيل عائلة أشين، وزوجة أخيه أوليفر، كيف هو هنا بعد ثلاثين عاماً؟!

بعد أن رأى قبره بنفسه في ذلك اليوم خلف منزل عائلة شانتيل وكان معه الجنود.. أمر جنده بحَمل الجثة معهُ، وإحضار الفتاة لتركب معهُ في العربة.

***

لَم يستطيعوا الاقتراب مِن جُثَّة الرَّجل العجوز، فتلك الفتاة الشرسة المليئة بالتراب والجراح لَم تَدَع أحداً مِن الجند يقترب من أبيها، ذلك الرجل الذي ربَّاها.

جيكوب يسأل أهل القرية:

- مَنْ هذه الفتاة؟ وماذا تكون بالنسبة لهذا العجوز؟ فهو يعلم بعائلة هذا العجوز فرداً فرداً.

أخبروه أنهُ ظهَرَ بها في يوم مِن الأيام دون سابق إنذار، ولَم يخبرهم أين وجدها.

عاد جيكوب إلى جنوده، وأمرهم بإحضار الجثة والفتاة لتركب معهُ في العربة، فقد قرَّر استضافَتَها، وهو ما كان.

هَدَأَتِ الفتاة، مسحَت وجهها، وأرجَعَت شَعرها إلى الوراء، ظهرَت ملامحها، سألها بعد أن رأى عينيها الزرقاوين عن اسمها..

تخبره:

- كوزييه.

يضحك ثمَّ يقول لها:

- كيف لفتاة عامِّية أن تُسمَّى بمثل هذا الاسم غير التقليدي؟

لَم تفهم الفتاة لِمَ يضحك هذا المغرور، والغضب يتملَّكها مِن وفاة الرجل العجوز.

يسألها مرة أخرى:

- ماذا يكون الرجل العجوز؟ أليس لدَيكِ أهل أو عشيرة غير هذا العجوز لأرجعكِ إليهم؟

كوزييه:

- لَم يتحدَّث معي بخصوص مَن هُم أهلي.. أبي.. أمي، فقد كان هو يمثِّل كل شيء في حياتي، ولَم أحتَج يوماً مِن الأيام شيئاً ولَمْ يلبِّه لي لأفتقد أمي أو أبي أو أسأل عنهما، ولكن هنالك امرأة تعرف، تزورنا باستمرار منذ ثلاثة عشر عاماً، تُحضِر لنا المال والهدايا، وقد علَّمَتني الكثير مِن الأشياء.

جيكوب:

- هل تعلمين اسمها أو أين تسكن؟

كوزييه:

- لا أعلم أين تسكن، ولكنَّ اسمها داليدا.

جيكوب:

- ها ها ها ها ها ها ها ها ها.

لَم يتمالك نفسهُ مِن الضحك، لا يوجد في الأنحاء غير حارسته ومرافقته وخادمتهُ التي تحمل هذا الاسم.

يصيح بأعلى صوته:

- سأسلخ جلد تلك الداليدا وهي حيَّة.. يلتفَّت إلى الصغيرة: لا تهتمِّي يا صغيرتي، سنجد لكِ مأوى مناسباً وشخصاً يخدمك، فأنتِ الآن في رعايتي الشخصية، وأنا أمير هذه البلاد.

تصل العربة إلى القصر الملكي، يخرج مِن العربة ممسكاً يدَ الفتاة كوزييه، متوجهاً إلى جناحه الخاص، وهو في أروقة القصر يصادِفُ الأميرة كوزييه، يتوقَّف عِندَها ويلقي التحية، تبادلهُ التحية، فهو الأمير وعمها الوحيد، يوصي خادمتها برعايتها، يلتفت إلى الفتاة الصغيرة الأخرى، يخبرها أنَّ هذه الفتاة الصغيرة في مواجهتها، تحمل نفس اسمها، وهي الأميرة الصغيرة وحفيدة الملك زيكس.

كوزييه الصغيرة، انحنَت لها على الفور، لَم تبادلها كوزييه التحية، أخبرها جيكوب أنها لا تستطيع أن تبادلها التحية؛ لأنَّ أميرتنا الصغيرة لا تملك عينين لتراها:

- هيّا لنذهب.

ذهبَت كلُّ كوزييه في اتِّجاه.. إحداهما أميرة عمياء، والأخرى فقيرة بعيون زرقاء.

***

جيكوب يأمر الحرس باستدعاء داليدا، يجلس في غرفته، كوزييه لا تعرف ماذا تفعل، ينظر جيكوب إليها، وينادي خادمة كانت بجوار الباب، أمرَها بالاهتمام بالطفلة، وأن تعطيها ملابس، وتقدِّم لها الطعام، وأمرها بتخصيص غرفة لها بعد أخذِها حماماً دافئاً.

دخَل عليه أحد الجند يريد أن يعرف ماذا يفعل بالجثة التي أحضروها معهم.

جيكوب:

- دعوها بالقبو حتى أُخبِرَ الملك.

تذهب كوزييه مع الخادمة، تغتسل وتغيّر ملابسها، تتجوَّل في القصر بصحبة الخادمة، أحضروا لها شتَّى أصناف الطعام والحلويات، جلسَت على فِراشها وكان ناعماً، لَم تعتد على مثل هذه الرفاهية في الحياة، تذكَّرَت تلك الأيام مع الرَّجُل العجوز في كوخهما الصغير تحت المطر، بين نسمات البرد وهواء الصيف، كانا دائماً في أحضان بعضهما ليالي، أب وابنته.

لَم تستطِع النوم، غلبَها البكاء.. توسَّلَت إلى الخادمة أنها تريد رؤية أبيها ذلك الرجل الذي ربَّاها لآخِر مرة، رفضَتِ الخادمة، ولكن إصرار الفتاة جعل الخادمة توافق بشرط أن تودِّع الرَّجُلَ، وتعودا فوراً إلى غرفتهما دون أن يلاحظ أحد.

فَرِحت كوزييه، الفتاة ذات الخمسة عشر عاماً، زرقاء العينين.

انتصف الليل، تسلَّلَتِ الخادمة برفقة كوزييه في أرجاء القصر نزولاً حتى القبو، سمعتَا شخصاً يتحدَّث، اختبأتَا حتَّى لا يراهما أحد، تختلس كوزييه النظر، إنهُ جيكوب يتحدَّث إلى رجل مُسِنّ.. انتظرتَا حتى ذهبا، فواصلَتا سيرَهما حتى وصلتَا القبو، سألَت كوزييه:
- مَن يكون الرجل العجوز؟
الخادمة:

- إنهُ ملك هذه البلاد، أَلَا تعرفينه؟

كوزييه:

- لا! لَم أعلَم أنَّ لهذه البلاد حاكماً، فقد أخبرني أبي أنَّ الحَاكِم قد قُتل منذ ثلاثين عاماً.

الخادمة:

- أنتم العامة لا تعرفون سِوَى تأليف القصص والخرافات.

فتحَتِ الغرفة الموجود بها جسد ذلك الرجل العجوز، جلسَت بجوارهُ كوزييه، نزلَت دمعاتها تباعاً، احتضنَتهُ بقوة، رجَتها الخادمة بالذهاب مِن هنا حتَّى لا يفتضح أمرها، وتلقى العقاب.

خرجَتا مِن الغرفة، وسلكَتَا طريقاً آخَر؛ خوفاً مِنْ أن يراهما أحد، مرَّتَا على زنازين خالية مظلمة لا حياة فيها ولا حُرَّاس، وجدَت في أحد تلك السجون منظراً أرعبَها، أمسكَت يد الخادمة حتى عادت إلى فراشها في القصر.

نامت ليلتها ودمعها على خدِّها، دُفِنَ الرجل العجوز في حضور الملك.

***

استيقظَت كوزييه أوليفر زيكس في غرفتها كعادتها كل يوم دون جديد، سِوَى فتاة أخرى تحمل نفس اسمها تنام بجوارها في الغرفة المجاورة.

معركة الجرف الصغير

مرَّت تسعة أيَّامٍ وليلة، ولَم تلتقِ كوزييه بضيفة القصر كوزييه الأخرى، ولَم يعاود جيكوب زيارتها، فقد رحلَ في رحلة أخرى.

خرجَت كوزييه للتمشية في حدائق القصر، وتمتع ناظريها بتلك الحدائق التي لا مثيل لها، تلمح تلك الفيكتوريا الذهبية مع عربات مغطَّاة بقماش، تدخل أحدَ الأنفاق تحت القصر، يقودها فضولها للذهاب خلف تلك العربات التي تجرُّها الخيول، لَم ينتبه لها الحرس؛ فقد كانت خفيفة الحركة.

تسلَّلَت خلف الجنود، دخلَت مكاناً أشبه بالمغارة، كهف عملاق أسفل القصر، في منتصفه تماماً تفرغ حمولة العربات كميات مهولة مِن الذهب المشغول على شكل عملات ذهبية متراكمة فوق بعضها البعض، تشكِّلُ جبلاً صغيراً يلمَع كالشَّمسِ داخل ذلك الكهف المظلم.

انبهرَت كوزييه مِن كمية هذا اللمعان والبريق لهذه العملات الذهبية.

في سنوات مضت كانت كوزييه عندما تجد قطعة ذهبية واحدة، أو عندما تزورهم داليدا وتعطيها ثلاث قطع نقدية كانت تعيش بها هي والرجل العجوز شهراً مِن النعيم.

رجعَت بذاكرتها إلى أهل قريتها البسطاء، وكيف يعانون ويشقون للحصول على بعض المال نهاية كل شهر، أو بعد بيع المحاصيل وحضور المحصِّلين مِن قصور كهذه لسلب أموال الفقراء، وزيادة معاناتهم، ليزدادوا فقراً.

يعودون إلى العمل كما كانوا، لَم يزدادوا سِوَى حزنٍ على أيام تمضي، وجوع وحزن، لينمو لدَيهم ظلام ممزوج بحقد على كلِّ شخص ينعم ببعض مِن نعيم الحياة.

انتهى الجند مِن تفريغ العربات، وعاودوا الخروج، انتهت فيكتوريا مِن تسجيل الأموال، وعاودَتِ الخروج مع الجنود.

كوزييه تسلَّلَت حتَّى لا يراها الجند، رأت طريقاً مظلماً في آخِر النفق يقود للخروج مِن كهف السعادة هذا إلى الحرية.

خرجَت مِن الكهف لتجد هاوية وجرفاً صغيراً يطلُّ على بعض مِن الأشجار وسطها نهر.

جلسَت قليلاً تتأمَّل المنظر في انتظار ذهاب آخِر الجنود مِن الكهف لتعود إلى القصر دون أن يراها أحد.

مرَّت عبر أروقة القصر لتصادِفَ منقذتها داليدا التي اعتراها خوف لا يصدَّق عندما رأت كوزييه في القصر، ركضَت كوزييه واحتضنَت داليدا، وأجهشَت بالبكاء، وراحت تخبرها أنَّ الرجل العجوز مات، وأنَّ الأمير جيكوب هو مَن قتله، وأحضرَها إلى القصر.

تمسك داليدا يد كوزييه وهي ترتجف رعباً، تأخذها لمكتبة جيكوب، وتخبرها بضِرورة الهروب مِن هنا والاختباء في أي مكان لا يعرفها أحد فيه، وأعطَتها صرة مِن المال.. أخبرَتها أن تختبئ هنا قليلاً حتَّى يهبط الظلام، وتلوذ بالفرار.

خرجَت داليدا مسرعةً، وجلسَت كوزييه في المكتبة وهي لا تعلم ماذا تفعل، تنظر في كل هذه الكتب والتُّحَف التي أثارت إعجابها، تجوَّلَت قليلاً، انتظرَت حتَّى هبط الظلام، ولاذَت بالفرار.

سأل الملك زيكس:

- هل عادت داليدا مِن مهمَّتها؟

الحارس:

- نعم، ولكنَّها خرجَت مسرعةً مرة أخرى.

زيكس:

- يبدو أنها التقَت طفلة أزورا فهرَبَت.. أرسِلوا خلفها فرقة فيكتوريا الذهبية ليأتوني بها أينما كانت، أريدها حيَّة بأي ثَمَن، فإنَّ رقابنا بِيَدِها.

***

تمرُّ تسعة أيام، عاد جيكوب مِن رحلته، وسمع بالخبر أنَّ داليدا هرَبَت مِن القصر والجند في أثرها.

تنزل كوزييه مِن غرفتها في القصر، لَم تَجِد خادمتها، ضلَّت طريقها، ونزلَت إلى قبو القلعة، لَم يكن بالجوار أيًّا مِن الحراس، تتلمَّس الجدران، تهمس بصوتها الرقيق:

- هل هنالك أحد؟

لَم يجِبها أحد.. تمرِّر يدها على الجدران، ثم نافذة مِن حديد، يمسك يدها أحدهم ويضحك كالأطفال، تجذب يدها مِن الخوف، وتسألهُ:

- أيها الحارس، أرجِعني إلى غرفتي.

لَم يردَّ عليها، بل تعالَتِ الضَّحِكات ومعهُ شخص آخَر، تغضب كوزييه:

- مَن أنتما؟ هل أنتما مِن ساكني هذا القصر؟ أنتما لستما مِن الحرَّاس بالتأكيد، مَن أنتما؟ ولِمَ هذا الباب مغلَق عليكما؟ مَن أنتما؟

هنالك شخص ينادي مِن بعيد:

- أيَّتها الأميرة، هل تسمعيننا؟ أين أنتِ؟

ترُدُّ كوزييه:

- أجل.. أنا هنا!

يجدُها حرَّاس القصر، ويعودون بها إلى غرفتها، تسأل خادمتها:

- أين وجدتُموني؟

لا ترُدُّ الخادمة.

زيكس:

- لا تخرجي وحدكِ مرة أخرى!

كوزييه:

- حسناً.

***

صغيرتنا كوزييه تختبئ في إحدى القرى المجاورة للقصر، تعمل في إحدى النزل كخادمة مقابل المبيت وطعامها، مرحة، جميلة، الجميع أحبَّها، نشيطة في عملها، تخدم جميع النُّزلاء بابتسامة جميلة.

لَم يهتمَّ بها زيكس أو جيكوب، فهي بالنسبة لهم فتاة ضالَّة كان يهتم بها رجل عجوز مات؛ لذا لَم يُرسلا أحداً للبحث عنها.

طلبَ أحد النزلاء طعاماً في غرفته لهُ ولأصدقاء كانوا معهُ في تلك الغرفة.

أحضرَت كوزييه أطباق الطعام، أخذوها منها، وأعطَوها بعض المال، وطلبوا منها إغلاق الباب وهي خارجة.

فعلَت كما طلبوا منها، أغلقَتِ الباب وخرجَت، وجدَت في الممرِّ بعضاً مِن الأغراض المُبعثَرة، جلسَت ترتّبها، بدأ الحديث مِن المجموعة التي بالغرفة:

- سَمِعتُ بالصدفة عن أمر اغتيال الملك.

دخلَت عليهم مسرعة والفرح يملأ شفتيها، وأغلَقَتِ الباب وهمَسَت:

- أنا معكم في هذا!

أخرجَ أحدهم خنجرهُ متوجِّهاً نحوها، يوقفه صديقه الآخَر، يسألها:

- هل هنالك أحدٌ آخَر سمِعَنا؟

كوزييه:

- لا!

يسألها مرة أخرى بعد أن هدأ الجميع، واطمأنُّوا لها:

- لماذا تريدين الانضمام إلينا، وعاقبة فعلَتنا إن فشِلنا الموت؟

كوزييه:

- رأيتُ الموت كثيراً، فقد كنتُ في القصر لبضع ليالٍ.. وحكَّت لهم قصتها.

يردُّ عليها حامل الخنجر:

- موت الرجل العجوز كان حادثاً، وهذا ليس مبرِّراً لكِ للانضمام، أنتِ تحملين كراهية محدودة تجاه عمل معيَّن، أمَّا نحن فنريد تغيير مصير أحبَّتَنا وأصدقاءَنا، وكلَّ مَن رأيت وعشت معهم، نحن منذ تولِّي زيكس حكم هذه البلاد لَم نرَ منه سِوى البطش بالضعفاء، وإعدام الفقراء، نعيش في الظلام كلَّ ليلة، وأنتِ عشتِه ليلة واحدة، لَم تعرفي الهرب والاختباء، لَم تعيشي الرُّعب الحقيقي الذي يتمثَّل في لحظات يتحوَّل فيها الرجاء إلى يأس.

كوزييه:

- زيكس ليس حاكم البلاد!

يصمت الجميع، ثم يتمتِمون:

- بماذا تهذي هذه الفتاة؟!

كوزييه:

- أمهِلوني لحظة!

يعترض طريقها أحدهم:

- إلى أين تودِّين الذهاب؟

كوزييه:

- إلى غرفتي لأُحضِر لكم شيئاً، ولا مانع في أن تذهب معي ونعود سوياً.

وبالفعل تعود كوزييه بعد دقائق وفي حوزتها صندوق خشبي مميَّز، والجميع في الغرفة ينظر.. تفتح الصندوق، تُخرِجُ منهُ قلادة ورسالة.

صاحب الخنجر:

- ما هذا؟ قلادة! ماذا تعني؟ ورسالة! لا أحد فينا مطَّلع ويعرف القراءة أو الكتابة سِوَى صديقي هذا.

يأخذ صديقهُ الرسالة ويقرؤها، يلتفت إلى كوزييه:

- أين وجدتِ هذه؟

كوزييه:

- وجدتُها في مكتبة الأمير جيكوب في قصر الملك.

الرجل:

- أنتِ منقذتنا.

يجمع الرجال أصدقاءَهم بعد وضع خطة الهجوم على القصر في غياب فيكتوريا وحرسها الذهبي، وخروج جيكوب في رحلاته كعادته، ليكون زيكس وحيداً في قصره وسط جَمع مِن الجند ليس بالعدد الكثير.

***

تدلُّهم كوزييه على الجرف الصغير، وأنَّ بداخله مغارة كبيرة أسفل القصر، بها عدة أنفاق تؤدِّي لداخل القصر.

استعدَّ الجميع، وكوزييه في مقدِّمة الحشد، فقد أثبتَت جدارتها في حمل السلاح، وهي دليلهم للوصول إلى القصر الملكي.

بعد منتصف الليل، في ليلة اختفى فيها القمر، تسلَّق الجميع ذلك الجرف، وجدوا ساحةً خالية مِن الحراس، وفي آخرها نفق كما أخبرتَهم كوزييه تؤدي إلى كهف وجدوا به ذهباً لَم

يستطِع هؤلاء البسطاء تجاوزه؛ فقد سلب بريقهُ أعينهم. ازداد غضبهم وحقدهم وإصرارهم على تنفيذ مهمَّتهم.

قبل يوم مِن تنفيذ المهمة.. خرج جيكوب، وأرسل رسالة إلى داليدا بأنَّ عليهما الالتقاء وحدهما تحت الجرف الصغير. جيكوب وداليدا مع بعضهما البعض منذ ثلاثين عاماً..

تردُّ عليه داليدا بأنها ستحضر.. تلتقي مع جيكوب تحت جرف القلعة كما وعدها دون جُند أو حرس.

قبل شروق الشمس.. الحشد المتوجِّه إلى القصر كان قد تسلَّقَ الجرف، ولَم يبقَ أحدٌ في الأسفل؛ لأنَّها مهمَّة انتحارية لا رجعة فيها.

تقِف داليدا ويداها خلف ظهرها، يقترب منها جيكوب بخطوات مسرعة، ويصيح مِن بعيد:

- كيف لكِ فِعل ذلك بي وأنتِ أقرب الناس إليَّ؟! ألَم أجعلكِ كالأميرات وأصبحتِ حافظة أسرار المملكة؟! لِمَ خُنتِنا؟!

داليدا:

- أنتم وحوش على هيئة بشر، قتلتم، سرقتم، نهبتم، استضعفتم الناس، وأعلم أنَّك تعرف بأمر أزورا حارِس المملكة الذي هَربَ يوم قتلتم مَلِكَها، وحبستم زوجتهُ وأطفالهُ الرُّضَّع

أسفل القصر منذ وقت طويل، وأخذتم حقاً ليس مشروعاً لكم في حكم هذه البلاد.

جيكوب:

- الآن حانت نهايتكِ!

يُخرج سيفه وهو ما زال متوجِّهاً نحوها، مليئاً بالغَضَب، ينوي قتلها.

داليدا تُخرِج يدَيها مِن خلف ظهرها وهي تحمل كماناً.

جيكوب:

- لا تتجرَّئي على فِعل ذلك!

داليدا:

- عشرون عاماً وأنا أحفظ مقطوعة الموت هذه لنسمعها ولنموت معاً.

جيكوب يركض نحوها، فتبدأ داليدا بالعزف مع انحناء القوس على الكمان، يخرُج بعض مِن دمائها مع ضبابية الرؤية وظلام أحاط بها، أصيبَت بلعنة، أكملَت حتى نهاية تلك النغمة، تفتح عينيها ببطء، جيكوب مع سيفه مغروساً في صدرها، يهمس لها:

- لقد سمعت هذه المعزوفة مِن قبل، ولَم يتبقَّ لي شيء آخَر لأسمعه أيتها الغبية، موتي وحدكِ!

ينتزع الكمان مِن بين يديها، وتسقط ميّتة تحت الجرف الصغير، والجُثث تسقط في الهواء مِن أعلى الجرف.

تغمض عينها، وتودِّع عالمنا إلى عالم أكثر ظلاماً.. كُلُّ مَن يسمع المعزوفة تصيبهُ اللعنة.

***

تجاوز الحشد مِن الصيادين والمزارعين وبعض أقوياء القرى مِن الشباب تلَّ الذهب في الكهف، وكوزييه تدلُّهم على الطريق.

وجد الجميع أنفسهم وسط زنزانات مظلمة قديمة، وقفَت كوزييه وبجوارها صاحب الخنجر ومعه أصدقاؤه مِن النزل ينظرون إلى بقايا ظُلم عمرهُ ثلاثون عاماً قابعاً مقيَّداً بسلاسل أسفل القدمين وحولَ الرِّقاب.

كان المنظرُ مخيفاً جداً، لَم يعانوا في فتح باب السجن، فقد كان صدِئاً مهترئاً مِن مرور الزَّمن، كأصحابه الموجودين فيه.

فكُّوا قيدهم، وستروهم بِقِطَع قماش كانت مع بعض الأشخاص، وحملوهم خارج القصر عن طريق النفق إلى أسفل الجرف الصغير.

أمَّا باقي المجموعة فقد عادت إلى مهمتها الأصلية، اغتيال الطاغية زيكس.

***

تسلَّلَت كوزييه ومَن معها داخل أروقة القصر، رآهم حارس، وقبل أن يلتفت إليهم كان صاحب الخنجر قاتِلهُ مِن مسافة بعيدة؛ فتلك مهارتهُ في رمي الخناجر في المهرجانات، التفَت إلى أصدقائه بفخر موحياً لهم أنَّهُ أنقذَهم.

تجاهلوه، عادوا في صحبة كوزييه، أوصلَتهم إلى جناح زيكس، وما إن فتحوا الباب حتَّى انهالت عليهم السهام كالمطر، فهنالك فرقة مدرَّعة كاملة تحمِل السِّهام لحماية الملك في جناحهِ.

قُتِل عديد مِن القرويِّين، وهرب الباقي عائدين إلى الكهف للنجاة بحياتهم، الحرس والجند وزيكس بنفسه في أثرهم.

أُصيبت كوزييه الصغيرة بسهم في كتفها الأيمن، حملها صاحب الخنجر وركض بها.

وصل الجميع إلى الجرف الصغير خارج الكهف، والجند وصلوا وراءهم، أخرجَ الجميع سيوفهم، وبدأ القتال للنجاة

بأرواحهم، فزيكس هدفهم في مرمى أعينهم، وحريَّتهم تقبع خلفهم متمثلة في كهف مليء بالذهب، وأملُهم في حاكم عادل.

دارت معركة شرسة حتَّى طلعَت الشمس، وأُعلِن المنتصِر.

***

تفتح داليدا عينيها بعد مرور ساعات، تجد نفسها وسط جبل مِن الجُثث، تساءلَت: لماذا لَم تمُت؟ أصابتها لعنة الكمان، وعزف الشيطان، تخرج مسرعةً وتختفي عن الأنظار.

زيكس يصاب بثلاثة خناجر وسيف، ورمح يخرج مِن عينه، مات الملك!

صرخ مَن بقيَ على قيد الحياة معلنِين ميلاد عهد جديد.

***

وصل نبأ اغتيال الملك زيكس إلى كلِّ أرجاء البلاد، علِمَت فيكتوريا وهي داخل أحد مناجمها لتعدين الذهب، همَّت بالخروج، ليعترضها العمال والمنقِّبون، وينهالوا عليها ضرباً وطعناً حتى فارقَتِ الحياة.

جيكوب لَم يعثر عليه أحد.. مرَّت عدَّة أيام، حضر إلى البلاد العديد مِن النبلاء وشيوخ وأغنياء البلاد المجاورة للبَتِّ في أمر إدارة هذه البلاد بعد مقتل حاكمها؛ حتَّى لا تؤول الأمور إلى الفوضى.

اجتمع الجميع في قاعة القصر الكبرى، وحضر مَن قام بالانقلاب على الحاكم وقتله.

المحاكمة

امتلأَتِ القاعة بأعيان البلاد وأصحاب الرأي فيها، جلس في صدارة المجلس النبيل دو روشليو، والحكيم إنتركاستيو، وشيخ التجار الفيكونت إلمونت المعترَف بهم مِن قِبَل الجميع.

بدأ الحديث عن تعيين حاكم للبلاد، ثم محاكمة مَن قاموا بهذا الانقلاب على الحاكم وقتله، فكلُّ الحضور يطمعون في كنوز فيكتوريا الذهبية.

طلب أحد العامة مِن الحضور الحديث، لَم يكن يُسمَح للعامة بالحديث في وجود النبلاء وحُكَّام البلاد، ولكن اليوم استثنائي، أمروا الحرس فسمحوا لهُ بالاقتراب وسط القاعة للحديث، أخرج مِن جيبه رسالة وبدأ بقراءتها، وثيقة حاكم البلاد مرفقة بالقلادة الذهبية، والتي مثلَت الختم الملكي الموضوع أسفل الرسالة.

"هنا حاكم البلاد أوغو كابيه وولّي عهده أخوه إزيكيل، نحن حكّام البلاد، نحمل في أذرعنا ختم القلادة الذهبية بموافقة شيوخ ونبلاء البلاد المجاورة، وهو ما يثبت أحقيتنا في حكم البلاد، والشاهد هو النبيل غاسكونييه، وختمهُ مجاور لختمنا، وقد أمرنا لأخينا إزيكيل بولاية العهد بعدنا، ومِن بعده للأكبر أو الأصلح مِن أبنائي أو أبناء أخي.

وقد عهدنا بهذا الخطاب لكبير حرسنا زيكس ليكون هو الوصي والمؤتمَن عليه".

صُدِمَ الجميع بعد أن تحقَّقوا مِن صدق الرسالة وختم النبيل غاسكونييه؛ فابنه النبيل دو روشليو حاضرٌ في المجلس ويحمل الختم.

تمَّ إصدار الحكم أنَّ المقتول زيكس وابنتهُ فيكتوريا وابنه جيكوب ليس لهم حقٌّ في حكم المملكة، وتوضع حفيدتهُ كوزييه في السجن بانتظار تحمُّل عاقبة جدها وأبيها.

انصرف الجميع للتحقُّق مِن أبناء الملك أوغو كابيه، تمَّ إحضار الزوجة وولدَيها، تمَّ سؤالها عن حقيقة الظلم الواقع عليها، وأنَّ عليها اختيار أحد أبنائها لحكم البلاد.

لَم تردَّ عليهم فقد فقدَتِ النطق بعد مرور ثلاثين عاماً لَم تتحدث فيها مع أحد.

تمَّ تجاوزها للحديث مع الأبناء، تفقَّدَهم كبير أطباء المملكة، يعود بالحديث إلى كبار القوم أنَّهم ما زالوا بعقول أطفال، ولا يعلمون كيفية التحدث.

***

كثر الهرج والمرج في القاعة الكبرى، فأبناء الملك غير قادرين على الحكم، والكُل يُحِبُّ أنْ يكون هو الوصي على تلك البلاد لما فيها من خيرات.

نهضَ أحد إخوة أشين المدعو "دي وينتر" ليتحدث، هدأ الجميع ليسمع ماذا سيقول هذا الذي كان نسيباً في يوم من الأيام لوحش خدعَ الجميع وحكمَ البلاد.

اقترب مِن منتصف القاعة، وطلب رؤيه ابنة أختهم كوزييه المسجونة لدَيهم في انتظار محاكمتها، والأرجح إعدامها، توسَّل لديهم أنها عمياء لا تبصر، وقد عانت الأمرَين في هذا القصر، احتجَّ كلُّ مَن كان في القاعة سواء مِن العامة أو النبلاء، الانتقام من زيكس وعائلته أو ما تبقى منها مطلب أساسي لا نِقَاشَ فيه.

قبل أن يرجع إلى مكانه يلمح القلادة الذهبية، ويطلب رؤيتها عن قُرب، لَم يمانع أحد، أعطَوه إيَّاها، تفقَّدَها جيداً،

دي وينتر:

- لقد رأيتُ هذه القلادة وشماً على ذراع أحدهم منذ زمن مضى.

قادة المجلس يعودون لقراءة الرسالة، يوجِّهون السؤال:

- دي وينتر.. هل اسم الرجل إزيكيل؟

دي وينتر:

- أجل، فقد كان يعيش بجوارنا، ولكنهُ مات منذ زمن.

عاد الإحباط إلى وجوه الجميع.

دي وينتر:

- ولكنَّ لهُ ابناً في مِثل عمري الآن، اسمهُ أرمادا.

النبيل دو روشليو:

- هل تعلم أين يعيش؟

دي وينتر:

- نعم، بجوار النهر العظيم، يعمل في الصيد وأحياناً التجارة، معروف بجسده الضخم، محبوب مِن الجميع هناك.

تمَّ إصدار الأمر لإحضار المدعو أرمادا هذا على وجه السرعة.

انفضَّ المجلس، مرَّ يومان وكوزبيه في السجن لا تدري أي ظلام أشدّ، ظلام عينيها أم حقد مَن حولَها وظلام سجنها.

اجتمَع المجلس، وحضر الجميع، أُدخِلَ أرمادا إلى القاعة، وتمَّ التحقيق معهُ حول عائلته وأصلِه.

نطق الحكيم إنتركاستيو:

- انحنوا لحاكم البلاد أرمادا.

***

تمَّ تنصيب أرمادا حاكماً للبلاد، سعدَ الجميع بانتهاء الأزمة، وتفرقوا للحكم على آخِر الطغاة مِن عائلة زيكس، أحضروا كوزبيه الصغيرة مِن سجنها مكبَّلة اليدَين، رآها الملك أرمادا، أمر على الفور بنزع قيودها متأثِّراً لحالها.. ضغط عليه الجميع مِن نبلاء وشيوخ وأعيان لتنفيذ حكم الإعدام بها.

لَم يكن يريد أرمادا أن يبدأ أول حكمه للبلاد بتنفيذ إعدام لفتاة عمياء لا تعلم ماذا يحدث حولها.

نهض دي وينتر وإخوته للتوسُّل لحياة كوزبيه، وتنازلوا عن جميع ما يمتلكون مِن أراضٍ لقاء حياتها، وعرضوا عليهم أنهُ إذا

صُفِحَ عنها لن يطيق العامة رؤيتها بينهم، وافق دي وينتر على الرحيل بها لمكان آخَر.

***

ارتاح الملك أرمادا لهذا الأمر؛ فقد كان صديقاً مقرباً لأمها، ولا يحب أن يكون هو مَن يُصدِر أمر إعدام ابنتها.

أصدر الأمر بنفي كوزييه وأخوالها إلى أرض بعيدة، ونزع ملكية أراضيهم، وأمرَ بعودتها إلى خزانة الدولة.

***

تلتقي داليدا كوزييه وهي مصابة في كتفها في نزلها الذي كانت تعمل فيه.

اطمأنَّت داليدا بعد زوال حكم زيكس، وأخبرَت كوزييه سراً احتفظَت به لخمسة عشر عاماً.

التقَت داليدا أزورا في الغابة وهي تحمل كوزييه، وهو يحمل فتاة صغيرة ناجية مِن حريق في منزلها، أزورا كان أعمى، فقد حملَت داليدا الطفلة وأبدلَتها مع طفلة أزورا، لتعيش كوزييه

أوليفر زيكس مع رجل عجوز أصيبَ بالعمى هو جدها، وتعيش تلك الطفلة الناجية من حريق منزلها، والتي دُعيت كوزييه في الظلام.